密命将軍 松平通春
亡国の秘宝

早見　俊

コスミック・時代文庫

この作品はコスミック文庫のために書下ろされました。

目次

第一話　暗黒の顔

一

「通春《みちはる》さま〜」

甲高《かんだか》くて甘い娘の声が聞こえた。

この声を聞くと、松平《まつだいら》通春は身構えてしまう。

享保《きょうほう》六年（一七二一）の水無月《みなづき》、江戸は夏真っ盛りである。紺碧《こんぺき》の空に白雲が光り、蟬《せみ》の鳴き声がかまびすしい。往来に陽炎《かげろう》が立ちのぼり、朝顔《あさがお》売り、団扇《うちわ》売り、金魚売りの呼び声を聞かない日はなかった。

ここは、日本橋《にほんばし》の表通りを入った横丁に店をかまえる油問屋・丸太屋《まるたや》の離れ座敷である。

声の主は、娘のお珠《たま》だ。十七か八の娘盛り、濡羽《ぬれば》色《いろ》の髪に朝顔を模《かたど》った花簪《はなかんざし》を挿《さ》している。身に着けるのは、艶《あで》やかな薄桃色《うすももいろ》地の小袖《こそで》だ。花鳥風月《かちょうふうげつ》を描き、紫《むらさき》の帯を締めている。目鼻立ちが整った瓜実顔《うりざねがお》の美人だが、勝気な気性が溢《あふ》れていた。

声をかけられた通春は、丸太屋の居候《いそうろう》である。

といっても、この居候、只者《ただもの》ではない。

松平通春、尾張徳川家《おわりとくがわけ》三代藩主・綱誠《つなのぶ》の息子、子沢山な綱誠ゆえ、なんと二十男である。齢のころなら二十六、八年前に江戸に移り、徳川吉宗《よしむね》が八代軍将軍に任官《にんかん》してほどなく、従五位下主計頭《じゅごいのげかずえのかみ》というごたいそうな官位を授けられ、御家門衆に加えられた。

すらりとした長身、雪のように白い肌、どことなく品格のある面差《おもざ》しは、いかにも若殿さまだ。ただ、切れ長の目がややつりあがり、やんちゃな一面をうかがわせもしている。

また、名は体《たい》を表す、の言葉どおり、ふんわりと温かみのある春風に包まれているようでもあった。

「そ、相談があるんです」

意気込むあまり、お珠は声を上ずらせた。

通春は、隣に座る星野《ほしの》藤馬《とうま》を見る。

八年前、江戸に来て通春の小姓《こしょう》と成って以来、側近として仕えている。歳は三つ下の二十三歳、弟のような存在だ。通春とは対照的に、浅黒くてごつい顔、顔に合わせるように、身体も丈夫そうにがっしりとしている。

「お珠ちゃん、落ち着いてゆっくりと話そう。通春さまはどこへも行かれないんだから」

藤馬は諭《さと》すように語りかけた。

お珠は気を落ち着かせるように胸に手をあてて、二度、三度うなずいた。

やがて、お珠は話を再開した。

「相談事っていうのはですね、小間物屋、佐渡屋《さどや》さんの女将《おかみ》さんで、お京《きょう》さんのことなんですよ」

通春が答える前に、

「ああ、あの色っぽいって評判の……」

藤馬もお京を知っているようだ。

置いてきぼりを食った通春に、お珠がお京について説明を加えた。

お京は、佐渡屋のひとり娘であった。男の子がいなかった佐渡屋にとっては、箱入り娘、とはいえ、算術が得意、おまけに社交的とあって客受けがよかった。娘のころから店に出て、佐渡屋を切り盛りしていた。

両親はお京に縁談を勧めたが、お京にその気はなく、独り身を貫《つらぬ》いていたが、二十歳《はたち》になって店の手代《てだい》である卯之吉《うのきち》と所帯を持った。

ところが、卯之吉は一年後、首を括《くく》って死んでしまった。遺書《いしょ》がなかったため、当時さまざまな噂《うわさ》が飛び交ったそうだ。

卯之吉は生真面目な人柄であったが、気の弱いところがあり、佐渡屋の婿養子《むこようし》という立場に、相当な重圧を抱いていたというのだ。

「その重圧のせいか、気鬱《きうつ》になっていたそうなんですよ。佐渡屋さんの裏の稲荷《いなり》で首を括っているのが見つかったんです。それが三年前のことでした」

ここでお珠は、話を区切った。

お京は二十歳で卯之吉と夫婦《めおと》になり、二十一歳で後家、今年二十四歳の年増《としま》ということになる。

「亭主《ていしゅ》に死なれ、お京はさぞや気落ちしたのだろうな」

通春が問いかけると、

「お通夜《つや》、お葬式《そうしき》、涙ひとつ見せず、気丈《きじょう》に応対しておられたのですよ」

お珠が答えた。

するとと、

「気丈っていうより、冷たいなあ。わたしは、弔問客《ちょうもんきゃく》の前だろうが、身も世もなく泣き叫《さけ》んでくれる女房のほうがええですわ」

聞かれもしないのに、藤馬は名古屋《なごや》訛《なま》りを交えてまくしたてた。気が高ぶると、藤馬は国許《くにもと》である名古屋の方言が出る。

「とんまの趣味なんぞ、聞いておらぬ」

通春が白けた顔をすると、藤馬はぺこりと頭をさげた。

お珠はむっとして、

「お京さんだってね、亭主の死が悲しくなかったわけじゃないのですよ。佐渡屋の女将という立場を思って、必死で耐えていらしたに違いないの。わたしは、そう思うわ。なのに……」

言いたててから、ふと顔を曇らせた。

「どうした」

通春が問いかける。

「世の中には、藤馬さんみたいな人がいてね。なんて冷たい女なんだ、情というものがあるのか……なんて、お京さんはさんざんに陰口《かげぐち》を利かれたのですよ」

お珠から辛辣《しんらつ》な言葉を浴びせられ、藤馬はばつが悪そうに横を向いた。

なおも、お珠は続けた。

「それでも、そんな陰口はましなほうですよ。卯之吉さんは自害じゃない、お京が殺したんだって、そんなひどい噂も流れたんですからね」

「それはひでえがや。あんまりだで。若くして後家さんになったお京が、気の毒ですわ」

一転して藤馬は、お京に同情を寄せた。

「それでね、連日、御奉行所になんでお京を捕まえないんだって、そんな訴えが届けられるようになったんだって。ほんと、世の中って残酷《ざんこく》よね」

世知がらいです、と何度もお珠は嘆《なげ》いた。

ここで藤馬が、

「話はわかった。要するに、あれだろう。お京さんの無実を晴らせってことだろう」

任せておけと、お珠の返事を待たずに決めつけた。

藤馬には、興奮したときの名古屋弁とともに、人の話をろくに聞かず早合点をするという癖《くせ》がある。それゆえ、通春は藤馬をもじって、「とんま」と揶揄《やゆ》していた。

「そうなのか」

通春がお珠に確かめると、

「では、本題に入りますよ」

お珠は、けろっとした顔で言ったものだから、

「ええっ、いまのは前振りなのか」

藤馬はこけそうになった。

お珠は口を尖《とが》らせ、むっとして言い返す。

「まず、お京さんの人となりを話しておかないと、話が伝わらないでしょう」

「そ、そりゃそうだがや、わかったで、話してちょ」

藤馬は引きさがった。

通春が目で話の続きをうながすと、では、とお珠は姿勢を正して語りだした。

そのお京が、ふた月前の卯月《うづき》の初めごろ、ふたたび所帯を持ったのだそうだ。

「へえ、そりゃまた、どうした気持ちの変わりようかな。だって、そもそも所帯を持つ気がなかったのだろう。夫婦になり、夫に先立たれて寂しくなったのか」

つい、藤馬が口をはさむと、お珠に睨《にら》まれ、あわてて口を手で塞《ふさ》ぐ。

「亭主になった方は、お侍さまなんですよ。と言っても、浪人《ろうにん》さんですけど。平嶋右京《ひらじまうきょう》さまとおっしゃいます」

お京が、平嶋を見初めたのだそうだ。

きっかけは、浅草寺《せんそうじ》に参詣《さんけい》に行った帰り、やくざ者に絡《から》まれたのを助けられたということだ。

「平嶋さまは、歳のころは二十五、目の覚めるような男前、すらりとしていらして、まるで役者のようなお方なんですよ。そのうえ、腕っ節も強いっていうんですから、お京さんならずとも、女ならひと目惚《めぼ》れしてもおかしくはないって、そりゃもう評判でしてね」

語るお珠も、うっとりとなった。

藤馬はぽかんとしている。

「それで……」

通春は先をうながした。

我に返ったお珠は、

「しばらくお京さんは、それはもう幸せな日を過ごしていたんですけどね。先月あたりから、旦那《だんな》さん……平嶋さまのご様子がおかしくなったんですよ」

　平嶋が、夜中に出かけるようになったのだそうだ。

「待て、その奇妙なおこないを語る前に、平嶋はお京と所帯を持って、なにをやっておったのだ。浪人とはいえ武士であろう。店に出ておったのではあるまい」

　通春が疑問を投げかける。

「それが……お店に出ておられたんですよ」

「本当かい」

　疑わしそうに、藤馬が問い返した。

「本当ですよ」

　わたしは嘘《うそ》は吐きません、とお珠は言い返した。

「客に頭をさげて、小間物を売っておったのか」

　お珠を宥《なだ》めるようにやわらかな口調で、通春は問いかけた。

「お客とはやりとりをなさいませんが、お店に座っていらっしゃいます」

　それだけで、店に大勢の娘が詰めかけるようになったのだそうだ。

「お店の看板というわけですね」

　お珠の言葉に、

「看板浪人さん、だがや」

藤馬は茶化すように笑いかけたが、お珠にふたたび睨まれ、口を閉ざした。

だが、やはり納得がいかないように、

「店で黙って座っているだけで……客寄せのような仕事で、その平嶋という侍は満足しているのかな」

藤馬は首を傾《かし》げた。

お珠が答える前に、

「そもそも、平嶋右京は本当に武士なのか。たとえば……じつは旅芸人の成りすまし、とか」

と、藤馬は勘繰《かんぐ》った。

「正真正銘《しょうしんしょうめい》のお武家さまですよ。やくざ者をやっつけたんですからね」

不満そうに、お珠は言い返す。

「だから、それは芝居を打ったのじゃないのかな」

ますます藤馬は、疑いを濃くしているようだ。

「そんなことはないわよ」

なかなか本題に入らないため、そこで通春がお珠に語りかけた。

「そこでお京は、夜更《よふ》けに平嶋が出かけていることが気になっているのか。どこで誰と会っているのか、それを知りたがっていると」

「出かける先はわかっているのです。お店から東に五町ほど離れた、御屋敷なんです」

お珠が答えると、すかさず藤馬が続けた。

「たしかに、その平嶋さんのおこないは気になるだろうけど、それは夫婦の間の問題ではないか。他人がどうのこうのと口をはさむのはどうかな。よく言うだろう。夫婦喧嘩《げんか》は犬も食わない、と」

「それは、そうなんですけど……ちょっと気にかかることがあるのですよ」

お珠は危惧《きぐ》の念を示した。

二

通春が話の先をうながす。

「これなんですよ」

お珠は懐中から、読売を取りだした。

そこには、財宝をめぐる話が書きたてられていた。

財宝とは、陸奥国《むつのくに》麓山藩《はやまはん》十万石、南郷大和守盛泰《なんごうやまとのかみもりやす》の残した金塊《きんかい》である。

六年前、麓山藩の南郷家は、御家騒動が勃発《ぼっぱつ》し、改易《かいえき》された。

藩主盛泰は遊興にふけり、飢饉《ききん》に見舞われた領内を気にかけるどころか、己《おの》が遊興の資金を得るために年貢《ねんぐ》の取り立てを厳しくした。

領内で一揆《いっき》が起き、政情不安となる。こうしたなか、御家の危機を感じた家老や重臣たちが結束し、江戸藩邸で藩主盛泰の隠居を強行した。

不出来な藩主を重臣たちが隠居させる行為は、押込みと称され、それ自体が幕府から咎《とが》められることはない。押込みに遭った藩主は隠居し、藩主の血縁か他家から養子を迎えて新藩主に据《す》え、めでたしめでたし一件落着、となる。

麓山藩南郷家においては、盛泰の弟の盛定《もりさだ》が、藩主の座を継ぐ予定だった。

ところが、隠居を約束したはずの盛泰は、信頼する別の家臣たちに担がれ、自分を処罰した重臣たちを罷免《ひめん》、盛定を殺害するに及んだ。

ここに至って幕府は御家騒動に介入、盛泰の不行状を咎め、改易に処したのである。

結局、盛泰は切腹させられた。

六年前、正徳《しょうとく》五年（一七一五）の秋だった。

南郷家の御家騒動もさることながら、読売《よみうり》が派手に書きたてているのは、時を同じくして麓山城から忽然《こつぜん》と消えた金塊であった。

その金塊は、領内にある隠し金山から採掘《さいくつ》されたものであった。

幕府は、公儀御庭番《おにわばん》を領内に入れ、金塊の探索と隠し金山の摘発に動いたが、どちらもいまだ発見されていない。

「それからね……」

お珠はその続編とも言える読売を、数枚、取りだした。

藤馬が手に取って、声をあげて読みはじめる。消えた金塊をめぐり、読売はここぞとばかりに派手な記事としているため、物見高い江戸っ子の興味を引くような内容となっていた。

盛泰はひそかに、金塊を江戸藩邸に運ばせていた。

その金塊は、御家再興のため、江戸の某所《ぼうしょ》にいまなお秘匿《ひとく》されている。盛泰の七回忌法要《ほうよう》の際、旧臣たちが金塊の隠し場所に結集する。今年の九月が七回忌であるだけに、南郷家の埋蔵金《まいぞうきん》話は、読売にとっては格好のネタでもあった。

隠し場所には、誰も近づけない。盛泰の亡霊が守っており、近づく者は亡霊に取り殺されるのだそうだ。

「いかにも読売の記事ですな」

藤馬が読売の怪しさを揶揄すると、

「そんな金塊があったのなら、南郷家も飢饉になった領内から、無理して年貢を取りたてることもなかっただろうにな」

通春も、極めて現実的な疑問を呈した。

「そうおっしゃると思って……」

お珠は、別の読売屋が発行した読売を見せた。ふたたび藤馬が読みあげる。

それは、通春の疑問に答える内容であった。

麓山藩の金塊に目をつけたのは、当時の幕府の某有力者だという。その有力者は、金塊と隠し金山を手に入れるため、南郷家の反盛泰派の重臣たちと結んだ。

盛泰の不行状の流言《りゅうげん》を流し、盛泰を隠居に追いこんだ。

新藩主・盛定の後ろ盾《だて》となり、金塊の半分を幕府に上納《じょうのう》、隠し金山の管理は麓山藩がおこない、産出料の半分を幕府に納める、という約定を重臣たちと取り決めたそうだ。

「まあ、ありそうな話ではあるが……」

「それもどうかしらね。もっともらしいけど……某実力者って誰かしら。いまの公方《くぼう》さまよりも、以前の話でしょう」

お珠らしからぬまともな疑問に、藤馬は腕を組んで、

「ああ、そうだ。おそらく七代、家継《いえつぐ》公のころであろう。齢《よわい》七つであられた。お気の毒なことに、明くる年、八歳で夭逝《ようせつ》なさったのだったなあ」

話が横道に逸《そ》れそうになり、通春が戻した。

「幼少の将軍家とあって、政《まつりごと》は側用人《そばようにん》の間部《まなべ》越前守詮房《えちぜんのかみあきふさ》と、侍講《じこう》の新井白石《あらいはくせき》が担っていたはずだ。たしか、新井は五代将軍綱吉《つなよし》公の御代《みよ》におこなわれた貨幣改鋳《かへいかいちゅう》で、金の含有量《がんゆうりょう》を落とした小判を批判し、家康《いえやす》公のころに戻すべしと金の量をもとに戻した。だから、金はいくらでも欲しかったろう。それを考えれば、某有力者とは、新井白石……あるいは、新井と間部が共謀《きょうぼう》したのかもしれぬ。だが、そもそも隠し金山も麓山城の金塊も、見つかっていないことに変わりはない。もっともらしい登場人物だが、話の怪しさは似たりよったりだな」

通春の話に、藤馬は感心し、

「さすがは通春さま、政に通じておられますな」

と、何度もうなずいた。

通春はそれを聞き流し、本題に入ろうとした。

「それで、お京の心配と南郷家の埋蔵金に、なにかつながりがあるのか」

「はい、おおいに関係するのです……笑わないでくださいよ」

牽制《けんせい》するように、お珠は藤馬を見た。

口を閉ざした藤馬を前に、お珠は埋蔵金ネタを書き記したほうの読売を示して、

「ここに、南郷四天王《してんのう》って書いてあるでしょう」

「どれどれ」

藤馬が覗《のぞ》きこもうとしたのを、お珠は引《ひ》っ手繰《たく》り、通春に渡した。

四天王とは、南郷盛泰の近臣で盛泰を盛りたてていた、四人の重臣のことらしい。

続いてお珠は、錦絵《にしきえ》を見せた。件《くだん》の四天王が描いてある。

美里右京《みさとうきょう》、角野大吾《かどのだいご》、鬼頭三右衛門《きとうさんえもん》、伊吹正二郎《いぶきしょうじろう》、の四人だった。

美里右京は目の覚めるような美剣士、具足《ぐそく》に真っ赤な陣羽織《じんばおり》を重ね、太刀を背負っている。前髪の残った凛々《りり》しい風貌《ふうぼう》であった。

角野大吾は、対照的に剛直《ごうちょく》な武芸者といったふうだ。鋭い目つき、髭《ひげ》に覆《おお》われたいかつい面差しで、黒小袖に裁着《たっつ》け袴《ばかま》、鎖鎌《くさりがま》を武器としていた。

鬼頭三右衛門は忍者装束であることから、忍びの頭領《とうりよう》のようだった。忍者刀を左手、卍手裏剣《まんじしゆりけん》を右手に持ち、夜空を飛んでいる。

そして、伊吹正二郎は軍配を手にしていることから、軍師のようだ。髪は総髪《そうはつ》、黒の十徳《じつとく》を身に着け、軍略をめぐらすかのように瞑目《めいもく》している。

まるで、軍記物の講談の世界である。

「このなかの美里右京という侍が……平嶋右京さんじゃないかって……」

さすがに荒唐無稽《こうとうむけい》と自覚しているのか、お珠は小声になった。藤馬は笑いそうになって、両手で口を塞いだ。

錦絵に描かれた美里右京と、平嶋右京……たしかに、凜々しき男前である点と、名前は同じである。南郷家の改易は六年前、美里は前髪が残っていることから、元服《げんぷく》前であったろう。だが、娘たちの評判を得ようと、絵師が前髪を残した若武者に描いたのかもしれない。

いずれにしろ、いま平嶋が二十代なかばであれば、南郷家改易時には、十九だったはずだ。

年齢が合わないこともない。

「凜々しい剣士で名が同じ右京だからといって、平嶋を美里右京だとするのはいくらなんでも無理があるのではないのか」

　通春が指摘すると、藤馬も同意するようにうなずく。

　待ってました、とばかりにお珠は言いたてた。

「もちろん、それだけではありませんよ。と言っても……まあ、これもたしかな理由にはならないかもしれないんですけど……夜中、平嶋さまが寝言を漏《も》らされたのだそうです」

　その寝言には、陸奥の訛りがあったのだそうだ。

「それでも、根拠は弱いな」

　通春に言われ、お珠も逆らわず続けた。

「たしかに、平嶋さまを南郷四天王の美里右京と疑うのはおかしいかもしれません。ですけど、お京さんは、それはもう心労が激しいのです。平嶋さまは、ご自分の素性《すじょう》というか、どこでお生まれになったのか、どうして浪人なさったのか、お身内はいらっしゃるのかなど……まったく教えてくださらないのだとか。お京さんが尋ねても、いずれそのうちに話す、とはぐらかすばかりだそうですよ。それで平嶋さまは、相変わらず件の御屋敷に通われるそうです」

「お京の店から、金とか品物を持っていったりはしているのか」

「それはないようです。で、これはわたしの推量なんですけど、平嶋さまは、件の御屋敷で、秘密の会合に参加してらっしゃるのではないでしょうか」

「亡き盛泰公の七回忌に向けて、南郷家の遺臣《いしん》たちが動きはじめた、ということか」

　通春が言うと、藤馬も続けて、

「六年経って、いまさら御家再興の望みなんかないと思うがな」

と、水を差すようなことを言った。

「とんまさんは黙っていて」

　お珠が露骨に不快感を示すと、藤馬は横を向く。

「南郷家遺臣方は、埋蔵金を御公儀のお偉いさん方にばら撒《ま》いて、南郷家を再興しようと願っておられるとか。大名でなくとも、旗本でもいいって」

　真顔で言いたてるお珠に、通春は聞いた。

「すると、南郷盛泰公の遺児がおるのか」

「いらっしゃるみたいですよ」

　またもやお珠は、読売の情報を持ちだした。

　遺児は、盛泰が水揚げをした吉原《よしわら》の大夫《たゆう》、揚巻《あげまき》との間にできた子どもで、今年十歳になるという。

「まるで、講談だね」

藤馬の揶揄に、今度はお珠も相手にせず、

「平嶋さまが通っているという御屋敷には、揚巻太夫と盛泰さまの遺児の年恰好の、母と子が住んでいるんですよ」

母は千代《ちよ》、息子は亀太郎《かめたろう》という名前まではわかっているが、何者なのかはわからないそうだ。

「その屋敷の持ち主は、誰なのだ」

通春が問いかける。

「神田《かんだ》の両替商、近江屋《おうみや》さんの持ち物だそうですよ。近江屋さんは、南郷さまと深いつながりがあったそうなんです」

「近江屋は南郷盛泰のために揚巻と遺児……いまの千代と亀太郎に住《す》み処《か》を提供した、と読売屋は考えておるのだな」

「そういうことらしいですね」

「それで、おれに件の屋敷に住む母と子が何者なのか、果たして平嶋右京が南郷四天王のひとり、美里右京なのか……そして、願わくば南郷家の埋蔵金を探してほしい、という盛り沢山の頼み、ということだな」

通春に確かめられ、

「それって、わくわくしますよね」

臆するどころか、お珠はいかにもよい話を持ってきた、と得意そうだ。

「冗談じゃないぞ。そんな絵空事に付き合えるか……などと、とんまは反対するであろうな」

通春が藤馬に向くと、お珠が睨む。

「いいえ、反対しませんよ。南郷四天王やら埋蔵金やらは眉唾《まゆつば》としても、お京さんという女性《にょしょう》の心配事を取りのぞくことは重要ですからね。ここはひと肌脱いでもよろしいのではありませぬか」

殊勝《しゅしょう》な顔で、藤馬は至極まっとうな考えを述べたてた。

「藤馬の許しが出たことだし、ともかく、お京と平嶋に会ってみようか」

通春が引き受けると、

「お願いします」

お珠もしおらしく三つ指をついた。

すると、それまで寝ていた三毛猫が、寂しそうに鳴いた。コメという飼い猫だが、通春と藤馬が離れ座敷に居候する前から住みついていた。

お珠によると野良猫で、知らず知らずのうちに住んでしまったそうだ。野良猫とは思えぬ上品さを漂わせ、おかきが好物という変わり猫だ。米の菓子であるおかきが好きということで、お珠がコメと名づけた。

コメは通春にはなついたが、藤馬にはなつこうとしない。

いまも、通春と連れだつ藤馬を牽制し、爪《つめ》を立てようとしている。

通春を奪う憎き敵《かたき》とでも思っているようだった。日頃はおかきを与えて機嫌を取っているのだが、あいにくと今日は切らしていた。

藤馬は逃げるように、離れ座敷から飛びだしていった。

三

通春は藤馬をともない、お京の店、佐渡屋へとやってきた。薄い空色地の小袖に朝顔が描かれ、草色の袴が目にあざやかだ。腰には大小を差しているが、その大刀は、妖刀《ようとう》と称される村正《むらまさ》である。

村正は、徳川家康の祖父・松平清康《きよやす》殺害に使用され、父広忠《ひろただ》も家臣に手傷を負わされた。そして、家康自身も村正の鑓《やり》で怪我をし、嫡男信康自刃《ちゃくなんのぶやすじじん》の際に介錯《かいしゃく》に使われたのも村正、さらには大坂《おおさか》の陣で家康を窮地《きゅうち》に追いこんだ真田幸村《さなだゆきむら》も、村正の大小を所持していた。

そんな徳川家にとって不吉な村正を、将軍家御家門の通春は所持していた。将軍徳川吉宗に願って、みずから拝領したのだ。

密命将軍――。

通春は吉宗から、密命将軍に任じられた。

自分の代わりに江戸市中を歩き、民の暮らしぶりに目を配って、困っておる者の力になれ……役目遂行《すいこう》にあたり、自分の代行をせよ、という役目を命じられたのだ。

公儀の役職にはなく、吉宗の密命を帯びて民情視察する、それが密命将軍だ。

拝命するにあたって、通春は村正をもらった。

徳川家に禍をもたらす妖刀ゆえ、それを使ってこの世の悪を成敗します……と、そのとき通春は断固たる決意を語った。

神田川からほど近い、相生町《あいおいちょう》にある佐渡屋は、小間物屋とあって、客のほとんどは女である。簪《かんざし》、笄《こうがい》、櫛《くし》、紅《べに》、白粉《おしろい》、手鏡《てかがみ》などが並べられた店の真ん中に、平嶋らしき侍が座っていた。糊《のり》の利いた目にもあざやかな浅葱《あさぎ》色の小袖を着流し、細面《ほそおもて》で端整《たんせい》な顔立ちで、端然と座るさまは、まるで人形のようだ。腰には脇差《わきざし》を帯び、真っ赤な唇を引き結んで手元を見つめている。

なにもしていないのではなく、折り紙で鶴《つる》を折っているのだ。白魚《しらうお》のような指先で折られる鶴は、見事な出来栄えであった。

鶴は小間物を買うと、おまけにつけられた。

帳場には、番頭《ばんとう》と思《おぼ》しき初老の男が座っていた。お京の姿はない。藤馬が手代にお京の所在を確かめると、母屋《おもや》の庭の手入れをしているという。なおも藤馬は、日本橋の油問屋丸太屋のお珠の名を出し、女将さんに会いたいと頼みこんだ。手代は、店内の通り土間を奥に歩き去った。

お京を待つ間、平嶋の様子をうかがう。丁寧《ていねい》に鶴を折り続け、そんな平嶋を女たちがため息混じりに見つめたり、ひそひそと賞賛したりしていた。

やがて、姿を現したお京は、客に愛想を振りまきつつ通春に近づくと、近所の蕎麦屋《そばや》で待っていてくださいい、とささやいた。

指定された蕎麦屋の小座敷で待っていると、ほどなくしてお京が顔を出した。

「このたびは、まことにありがとうございます。お珠ちゃんに相談したら、松田《まつだ》求馬《きゅうま》さまとおっしゃる御家人《ごけにん》さまがとても親切で、町奉行所が取りあげない面倒事に対処してくださるって聞きましたので、つい、甘えてしまいました。もちろん、お礼はいたします」

店を切り盛りする女将、お京は淀《よど》みのない口調で話した。通春は江戸市中を歩くとき、身分を偽《いつわ》り、御家人・松田求馬と名乗っている。藤馬は、本名の星野藤馬を隠さず、ただ身分を通春の従弟《いとこ》と称していた。

お京は小間物屋の女将らしく、上品な鼈甲《べっこう》細工の櫛と笄で髪を飾り、着物も落ち着いているが値の張りそうなものであった。二十四歳の若さながら、老舗《しにせ》小間物屋女将の風格を感じさせる。

藤馬が、

「平嶋という浪人さんの素性、おこないを心配なさっているのですね」

と、丁寧な言葉遣《づか》いで問いかけた。

お京はうなずいてから、

「とっても怖いのです」

と、正直に打ち明けた。

「女将さんは平嶋さんに、どこへなにをしに行くのだと聞いたことはないのですか」

「聞いたことはあります。ただ、涼みに行った、とだけ……そのとき、とても怖い顔でした」

身を震わせたお京に、藤馬は問いかけを続ける。

「昼間は特別、不審なことはないのですね」

「そうなのです。昼間はお店に出てくれて、それはもう、真面目に働いてくれているのです」

そのため、夜中の外出には目をつむろう、と思ったのだという。

だが、寝言やそれ以外でもときおり出てくる奥州《おうしゅう》訛り、そして読売で流れている南郷四天王と埋蔵金の噂がどうにも気になり、疑心暗鬼《ぎしんあんき》に駆られた。

ここで通春が、夜な夜な平嶋が通っている屋敷の所在を、お京が知るに至った経緯《いきさつ》を説明してくれるよう頼んだ。

お京は、わかりました、と受け入れ、頭の中を整理するように目をつむってから語りはじめた。

ある夜のことだった。

「わたし、どうにも寝つかれなかったんです。そうしましたら、平嶋さまがむっくりと起きあがり、寝間から出ていったのです。いつものことですから、気にすることなく、やりすごそうって思ったのですが、どうにも気になってしかたなくなってしまって、気がついたら、平嶋さまのあとをつけていました」

お京は夫婦となってからも、平嶋が武士であるのを尊重し、「平嶋さま」と呼ぶそうだ。それはともかく、お京は夜道を急ぐ平嶋のあとを追った。

平嶋は佐渡屋から東へおよそ五町、竹林に囲まれた屋敷に入っていった。

「そこは、どちらかの大店《おおだな》の旦那がお持ちの家で、ご近所では竹林屋敷と呼ばれています」

のちのち気になって調べたところ、神田鍛冶町《かじちょう》の両替商・近江屋源兵衛《げんべえ》が家主とわかったのだそうだ。

「そのときは、どうして平嶋さまが竹林屋敷に入っていかれたのか、それが気になってしかたがありませんでした」

というのは、竹林には蝮《まむし》が棲息《せいそく》しているという噂で、近所の子どもたちが立ち入らぬよう高札《こうさつ》が掲げられていた。また、妖怪《ようかい》の棲《す》み家だと聞いたこともあった。

噂に尾鰭《おひれ》はつきもので、いつしか蝮は妖怪の使いであり、守護する者とまで語られるようになっていた。

そんな竹林屋敷に、平嶋は入っていった。

お京は迷いに迷った末、思いきって竹林に分けいった。三日前、水無月十日の晩である。月夜だったが、竹林の中は月光が差さず、下ばえと枝が鬱蒼《うっそう》と伸び、暗がりのなかを心細くなりながらも、お京は勇気を奮《ふる》って進んだ。

蝮に嚙《か》まれるという恐怖心と戦いながら竹林を抜け出ると、檜造《ひのきづく》りの瀟洒《しょうしゃ》な建屋があった。月光を弾く真新しい瓦《かわら》で屋根が葺《ふ》かれた、二階家であった。

人が住んでいることに多少の驚きを抱きながらも、お京は様子をうかがった。

すると、二階の部屋に明かりが灯《とも》った。

障子《しょうじ》窓が開いた。

平嶋が顔を出し、夜風を取り入れようと隙間《すきま》を開けたのだった。障子に人影が三つ映った。ひとつは平嶋である。もうひとりは女のようで、最後のひとりは平嶋よりはずいぶんと小柄な男……そう、少年のようだった。

「わたしは、さほどには驚きませんでした」

うすうすこんなことでは、とお京は思っていたそうだ。平嶋には愛する妻と子どもがいる。それを隠し、お京と夫婦生活を営みながら、こうやって会いにきているのだと。

「でも、落ち着いてみると、妙だなと思えてきたのです」

なぜ、自分と夫婦になったのだろう。

佐渡屋の財産目あてなのだろうか。現在、平嶋に賃金などは支払っていない。

夫に賃金など失礼な気がしたし、平嶋も要求しなかった。

ただ、まったく銭がないのでは不自由であろうと、小遣い程度には渡していた。

それはわずかなもので、平嶋も文句は言わない。その額で妻子を養うため、気に入らない女の夫となったとは思えない。

ひょっとして、近々にも自分を殺し、佐渡屋の財産を奪うつもりなのだろうか。

そんな疑心暗鬼にも駆られたが、竹林屋敷での暮らしぶりを思うと、金に不自由はしていないようだ。

「それでも、佐渡屋の財産を狙《ねら》っているのか、という疑念は残りました」

お京は大きなわだかまりを抱きながら、家に帰ろうとした。

すると、

「窓から、男の子が顔を出したのです」

語ってから、お京は身震いをした。

月光に映ったその顔は、真っ黒だった。

「ま、真っ黒……それはどんな色だ」

藤馬らしいとんまな問いかけをしたが、お京は真面目にそのときの様子を伝えようとした。

「つまり、なんというか、真っ黒い顔なのです。髪もなくて、目や鼻、口もなくって」

「真っ黒い、のっぺらぼうってことですね」

両目を見開いて藤馬が驚くと、

「黒の頭巾《ずきん》を被《かぶ》っておったのだろう」

事も無げに、通春は言った。

お京はごくりと唾を飲み、

「あとあと考えてみれば、おっしゃるとおりなのですが、そのときは、ただただ怖くて……なにしろ、竹林屋敷には蝮に守られた妖怪が棲んでいるって噂がありましたから、あれが、妖怪かと」

仰天《ぎょうてん》したお京は、無我夢中で竹林を走り抜け、自宅に引き返した。

「寝間に入り、強く瞼《まぶた》を閉じたのですが、とてものこと、寝られるものではありませんＪ

お京はまんじりともせず、朝を迎えた。

平嶋は夜明け前になって戻ってきた。

「わたしは、必死で寝たふりをしていました。幸い、平嶋さまには気づかれませんでした」

お京は恐怖の一夜を語り、冷たい麦湯《むぎゆ》をごくりと飲んだ。

ここで店の主が、注文がないのを訝《いぶか》しんで顔を覗かせた。お京は食欲などなさそうであったが、盛り蕎麦を頼んだ。通春も同じ物でいいと、藤馬に任せる。藤馬は、盛り蕎麦を五枚頼んだ。

お京は話を続けた。

その日、平嶋は何事もなかったように、普段どおり店で鶴を折っていたのだそうだ。

平嶋が妖怪屋敷に通っているのを、お京が知った経緯はわかった。

しかし、大きな疑問は残っている。

「平嶋殿が妖怪屋敷へ通うことが、どうして南郷四天王と埋蔵金の話につながったのですか」

藤馬が聞いた。

「それが……」

と、語ろうとしたところで、蕎麦が運ばれてきた。話の腰を折られ、

「すみません、お蕎麦屋さんにするんじゃなかったですね」

お京は詫《わ》びた。

ひとまず、食事をとることにした。お京に一枚、通春と藤馬に二枚ずつ蒸籠《せいろ》が置かれた。お京は手をつけない。

「よろしかったら、召しあがってください」

お京に言われ、藤馬がいただきます、と受け取った。

蕎麦を食べ終えると、お京は話を再開した。

「読売に、南郷さまのご家来衆の話が載るようになりまして、わたしも読んでおりました。それで、あるとき、平嶋さまも熱心に読んでおられたのです」

平嶋は食い入るようにして読んでいたそうだ。

それでお京は、そういえば、南郷四天王のひとり、美里右京に似ているって評判ですよ、と冗談混じりに語りかけた。

「すると、平嶋さまはすごく怖い顔をなさったんです」

これまでに見たこともない平嶋の形相《ぎょうそう》に、お京は恐怖を覚えた。

それでも、

「いけないこと言いましたかって、恐るおそる聞いたんです」

すると平嶋は、はっとしたように笑みを浮かべた。それは、いかにも取り繕《つくろ》ったかのような笑顔であったそうだ。

「それで、南郷四天王の右京については、なにか言ってなかったのですか」

藤馬の問いかけに、

「ええ、特別には……」

お京の声が小さくなった。

その日も夜中になると、平嶋は竹林屋敷に出かけていった。お京は黒頭巾の子どもが思いだされ、怖くて話題にもできず、尾行《びこう》することもなかったという。

だが、胸のもやもやは晴れることはなく、

「昼間なら大丈夫だろうって思いましてね」

と、昨日の昼、竹林屋敷に足を運んだのだそうだ。平嶋への不信感とともに、恐いもの見たさの好奇心も手伝っていたのかもしれない。

竹林に忍びこむと、屋敷はしんとしていた。

お京は竹林から、母屋に近づいた。

母屋の中から、人の声が聞こえてきた。お京は肝《きも》を冷やしたが、まさか取って食われはしないだろうと、思いきって母屋の中に入った。

玄関に入ると、中は清潔《せいけつ》に保たれていたが、竹林に囲まれているせいで日陰となり、昼間だというのに薄暗かった。

「気味が悪かったんですけどね……ここまで来たんだからって」

お京は玄関をあがり、廊下を奥に進んだ。

すると、壁《かべ》一面に大きな絵図が掲げてあったそうだ。

「初めのうちは、わからなかったのです」

それでも目を凝《こ》らした。

「それは、陸奥の絵図だったのです」

陸奥国が描かれ、仙台《せんだい》、松島《まつしま》などの名所が記してあった。さらには横に、旧南郷領が描かれた大きな絵図があったのだそうだ。

埋蔵金や隠し金山を伝える読売で見慣れていた南郷領絵図であっただけに、遠国の地理にくわしくないお京にも、すぐにわかったのだった。

「その南郷領のなかに、丸印があったのです」

お京が言うと、

「隠し金山ですよ」

藤馬は大きな声を出した。

四

「そうですよね」

勇《いさ》んで藤馬は、お京に確認した。

気圧《けお》されながらもお京は、わかりません、と答えつつ、

「なんだか恐ろしい世と言いますか、魔界って言うんですかね、竹林屋敷が妖怪の棲み家という評判が、頭の中でぐるぐるとまわってしまい、丸印が魔界への入り口じゃないかしらって……」

と、唇を震わせた。

「隠し金山に間違いないですよ」

興奮を隠せない藤馬を横目に、

「魔界への入り口だと思ったとして、それが南郷の隠し財宝に結びついたきっかけはなんだ」

あくまで冷静に、通春は問いかけた。

「それは……そう……その地図を見て動けないでいると、ええっと……二階で声が聞こえてきたのです。なにやらひそひそ声で、何人もの声でした。見つかったらどうしようって、怯《おび》えながら耳に入ってきたのは、麓山の水がどうの……山の中の清流とか、砂金が採れる、などという言葉でした」

お京は持ち前の好奇心が疼《うず》き、やりとりの全容と、どんな人たちなのか知ろうとしたが、そこへ突如として、平嶋が玄関に現れた。

「肝が潰《つぶ》れましたよ」

語ってから、お京は胸をおさえ、次いで着物の袖で、ぱたぱたと自分の顔を仰《あお》いだ。

「それで、どうしたのだ」

「幸い、柱の陰に隠れて見つからずに済みました。でも、これ以上居たのでは、見つかってしまうと思って、そっと妖怪屋敷を抜けだしたのです」

麓山、清流、砂金……それからというものお京は、妖怪屋敷に集まった者たちが南郷家の遺臣、南郷浪人で、平嶋右京は南郷四天王・美里右京だと信じるに至ったのだった。

語り終えたお京は、ひと仕事したかのようにため息を吐いた。平嶋への恐怖と疑惑に悩まされたお京だったが、通春と藤馬相手に話したことで幾分か気持ちがやわらいだようだ。

「それで、そなたはわたしにどうしてほしいのだ」

通春の問いかけに、お京ばかりか藤馬も戸惑った。

そうなのだ。

もし、平嶋が南郷四天王の美里右京だとしても、いったい、どうしたいのだ。

また、平嶋が美里右京だとしても、いまの段階ではなんの罪にも問えない。

「右京と別れたいのか」

通春は問いを重ねた。

「はい、もう、あたし、怖くて……」

お京は強く首を縦に振った。

が、その直後、それ以上に激しく首を左右に振って、

「いいえ、別れたくなんかありません。平嶋さまは、とってもお優しいし、頼も

しいし、それに、男前ですし……今朝もあたしが肩凝りをしたって愚痴《ぐち》ったら、あの白魚のような指で心をこめて、肩を揉《も》んでくださったんですよ」

と、別れたくないと否定したばかりか、のろける始末だ。

通春は藤馬と顔を見合わせて苦笑した。

「別れないとして、今後はいかにする。平嶋が南郷家の埋蔵金を、南郷浪人とともに掘りあて、南郷家再興に尽くすのを見守るのだな。それで、南郷家再興が叶《かな》えば、平嶋は佐渡屋を出ていくが、それでよいのだな」

通春は念を押した。

「それは……かまいません……いえ、よくありません。でも、引きとめるなんてできないでしょうし」

お京は迷いはじめた。

通春は冷静な物言いで、

「念のため尋ねる。平嶋がそなたに危害を加えることはないのだな」

「いまのところございません。今後もない……と思います」

答えたものの、お京は不安そうだ。

「ならば、いまのままでよいのだな」

「それは……」

どうしたらいいのか、お京もわからないようだ。

「それじゃあ、対応のしようがないな」

たまらず藤馬が口をはさんだ。

「そうですよね、すみません」

詫びるお京を見かねたのか、通春が断りを入れた。

「ならば、わたしの考えを申そう」

お京は教えを請《こ》うような目をした。

「真実を突き止めることだ。いまのそなたは、疑心暗鬼と好奇心の狭間《はざま》に揺れておる。平嶋がまこと南郷四天王の美里右京なのか、妖怪屋敷は南郷浪人の巣窟《そうくつ》なのか、想像に想像を重ねて、怯えたり、平嶋への恋情《れんじょう》を捨てきれなかったり、迷っているだけだ」

違うか、と通春はお京に尋ねた。

お京は真摯《しんし》な目で、

「そのとおりです。騒いでいるのはわたしだけ。平嶋さまは、出会ったころと少しも変わっていません。わたしの平嶋さまへの疑心暗鬼さえなかったら、これまでどおりの、夫婦暮らしを送れると思うのです」

「ならば、疑心暗鬼の源《みなもと》である妖怪屋敷の謎《なぞ》を暴けばよい、ということになる」

通春は結論づけた。

「そのとおりだぎゃあ」

藤馬が両手を打った。

お京も納得したかに見えたが、

「でも、暴くことが平嶋さまとの別離になるのではないでしょうか」

もとの悔《く》いに戻った。

藤馬が顔をしかめる。

「別れとなるかもしれぬな。おそらく妖怪屋敷のことを、平嶋は知られたくはないのだろう。しかし、お京の気持ちに踏ん切りがつくのではないのか」

諭すように、通春は言った。

「女将さん、ここは気持ちをしっかり持たないと、なにも進みませんよ」

藤馬が言い添えた。

「は、はい。そうですね、しっかりしなきゃね」

お京は、背筋をしゃきっと伸ばした。

次第に表情が引きしまってきて、

「あたしは、佐渡屋の女将です。女将として、佐渡屋を守っていかなければなりません。ご先祖さまから受け継いだお店、奉公人の暮らしを守るのが、あたしの務めです」

我に立ち返ったかのような、たくましさを示した。

「よう申した」

通春が言うと、藤馬もお京に賛辞を贈った。

「ならば、妖怪屋敷と平嶋の素性を確かめるぞ」

「お願いいたします」

決意の目で、お京は力強く頼んだ。

蕎麦屋を出ると、

「では、さっそく妖怪屋敷にまいりましょうか」

逸《はや》る気持ちをおさえられず、藤馬が言った。

通春は無言のまま歩きだす。強い日差しが降りそそぎ、往来を焦《こ》がすかのようだ。耳をつんざくような蝉の鳴き声が、あたりを覆う。

藤馬は、「暑い」を連発する。

「そう暑いと申すな。ますます暑くなるではないか」

通春は渋面《じゅうめん》を作った。

「すみません、ですが、まことに暑いですぞ」

懲《こ》りもせず、藤馬は「暑い」を連発した。

通春が鼻白んでいると、やがて、竹林が見えてきた。

「あそこですよ」

藤馬が指差す。

通春は無言でうなずいた。

勇んで藤馬が竹林に足を踏み入れようとするのを、

「待て」

通春は止めた。

「なんで止めるのですか」

不満そうに言う藤馬に、通春は高札を指す。

「いまさら蝮に用心もないでしょう」

藤馬は文句をつけたが、

「あれ……平嶋さんじゃありませんか」

少し先のほうで、平嶋右京が、商人風の男と立ち話をしていた。

「相手は誰でしょうね」

「妖怪屋敷を調べる前に、あの者の素性を確かめるか」

通春の提案に、藤馬も賛同した。

ふたりは平嶋と商人の視界から外れ、様子をうかがった。

やがて、平嶋は商人とやりとりを終えると、妖怪屋敷のそばから立ち去っていった。どうやら帰宅するようだ。

通春と藤馬は、そのまま商人をつけた。

商人は警戒することもなく、歩いてゆく。歳を感じさせない、軽やかな足取りだった。

四町ほどを西に進むと、いかにも老舗という店構えの両替商に入っていった。

「なるほど、妖怪屋敷の家主、近江屋源兵衛ですよ」

藤馬は、近江屋という屋号が記された屋根看板を見あげた。屋根看板には屋号とともに、寛永《かんえい》元年（一六二四）創業と記されている。創業九十七年、いかにも老舗の貫録を漂わせていた。

「どうしますか」

藤馬が聞くと、

「決まっておる。金を借りよう」

通春は涼しい顔で言った。

「いまは、不自由していませんよ」

「十両や二十両ではない。千両を借りる相談だ」

通春の言葉に、

「へ〜え」

藤馬は呆気《あつけ》にとられた。

五

暖簾《のれん》をくぐった藤馬は、目についた手代に、主人源兵衛への取次を頼んだ。さして待つほどもなく、源兵衛が訝しみながら帳場から出てきた。通春は小声で、素性を明かせ、と藤馬に告げる。

藤馬は声をひそめ、

「こちらは将軍家御家門、松平通春さまだ」

と、ささやく。

源兵衛は、しげしげと通春を見直す。通春は腰にある葵《あおい》の御紋《ごもん》入りの印籠《いんろう》を示した。源兵衛は深々と腰を折り、

「どうぞ」

と、客間へと案内した。

風通しのいい座敷には、床の間に金魚鉢《きんぎょばち》が置かれ、大きな金魚が何匹も飼われていた。簾《すだれ》と風鈴《ふうりん》が、涼を感じさせてくれる。

「わざわざ、ご足労いただきますとは……」

源兵衛は恐縮しつつ女中に、すぐに冷たい麦湯を届けるよう言いつける。

「本日のご用向きは……あ、そうですな。金子《きんす》の御用立てでございますか」

汗をかきかき源兵衛は言った。

「千両、貸してもらいたい」

いきなり通春は頼んだ。

「千両……でございますか。それはまた急なることで、あの、通春さまが普段、出入りを許しておられる両替商には、ご用命なさらないのですか……あ、いえ、

疑っておるわけではございません。商人としまして、畏《おそ》れ多くも公方さまの御家門さまの御家、勝手にお取り引きをしてよいものかと、躊躇《ためら》われるのでございます」

慎重な姿勢で、源兵衛は言った。

すると通春はかぶりを振り、

「じつは、本日の用向きは、借財の申しこみではない」

と、否定した。

源兵衛はきょとんとなり、

「では……」

と、上目遣いになった。

そこへ、冷たい麦湯が運ばれてきた。

まずはそれで喉《のど》を潤《うるお》す。源兵衛が落ち着きを示したところで、

「妖怪屋敷を買いたいのだ」

ずばりと通春は言った。

これも意外な申し出であったようで、源兵衛はむせてしまった。

失礼しました、と粗相を詫びる源兵衛に、なおも通春は問いかけた。

「妖怪屋敷は、そなたの持ち物なのだろう」

「は、はあ……ですが」

源兵衛は戸惑った。

「なにか不都合でもあるのか」

「住んでいらっしゃる方が……」

源兵衛は言いかけて口をつぐんだ。通春は首を傾げ、

「あそこは妖怪屋敷と呼ばれ、文字どおり妖怪が棲んでおるのであろう。ならば、かまわぬではないか。なあ」

嬉《うれ》しそうに笑いながら、通春は藤馬に語りかけた。

「妖怪と同居というのは、夏でしたら涼しくてよいかもしれませんが、冬となりましたら、いかがでしょう」

藤馬は大真面目に思案をした。

「あの……まこと、あの屋敷は……」

困ったような表情を、源兵衛は浮かべた。

「いくらだ」

通春は問いを重ねる。

「さて、それは……」

なおも困りきったように、源兵衛は首をひねった。

「さあ、申してくれ」

「そうですな」

いかにもはっきりしない源兵衛の態度に、

「いいから、申してみろ」

藤馬が詰め寄った。

「あの……その前にお聞かせください。失礼ながら通春さまは、なぜ妖怪屋敷をお買い求めなさりたいのですか」

恐るおそるの源兵衛の問いかけに、

「わたしは妖怪が好きでな」

通春は笑った。

「ご冗談を」

無理やりに、源兵衛も笑顔を造った。

「冗談だ。じつは、わたしは野次馬でな。噂話、読売が大好きなのだ。それで、南郷家の埋蔵金について耳にしたのだ」

「ほう、南郷さまの埋蔵金ですか」

源兵衛は首を傾げた。

「あの屋敷に、南郷家の金塊が隠されているのではないか」

目を凝らし、通春は問いかけた。

「そのような噂を、真《ま》に受けていらっしゃるのですか……」

「信じておる」

きっぱりと通春が返すと、

「本当に埋蔵金があれば、嬉しいですよね」

藤馬も言い添える。

「それはそうですが」

源兵衛は困惑した。

「だから、売ってくれ」

通春は重ねて頼んだ。

「せっかくのお申し出ですが、手前の一存ではできないのでございます」

苦しそうに、源兵衛は言った。

「なぜだ。そなたが家主なのだろう」

「たしかに手前どもが家主ですが、さるお方に成り代わって、手前の名義としておるのでございます」

「そのさるお方とは、南郷家所縁《ゆかり》の者ではないのか。そなた、南郷家出入りの両替商であったな。南郷家の藩札を、引き受けておったのであろう」

通春の言葉に、藤馬が推測を交えて続けた。

「改易になったとき、南郷家は藩札を、紙屑《かみくず》に近い値でしか引き取らなかったであろう。だから、せめて南郷家所縁の屋敷を譲《ゆず》り受けた、ところが、あの規模の屋敷では、たいした金にもならない。ただし、埋蔵金のすべてではなくとも、一部でも埋めてあれば、話は別だ」

「いささか、講談じみたお考えですな」

南郷家に出入りしていたことは認めたが、妖怪屋敷と南郷家の関係はない、と源兵衛は否定した。

「では、さるお方とは、どなたなのだ」

あっさりと否定され、藤馬はむっとして問い返す。

「商人にも義理というものがございますので、軽々しくは申せません」

勘弁してくださいさい、と源兵衛は頭をさげた。

藤馬に、そんな言葉が通用するはずもなく、

「あそこに住んでいるのは、南郷大和守盛泰の愛妾《あいしょう》、揚巻《あげまき》こと千代、それから一子、亀太郎であろう。いや、そうに決まっている」

藤馬は間違いない、と決めてかかり、ひとりで悦に入った。

源兵衛は面《おもて》を伏せた。降参したかのようだ。

どんなもんだというように胸を張り、藤馬が勝ち誇《ほこ》った。

やがて、源兵衛の肩が震えた。さては図星を刺されて、その衝撃で立ち直れないのだろうと藤馬が見ていると、源兵衛はがばっと顔をあげた。

源兵衛は、全身を震わせながら笑っていた。

きょとんとする藤馬に、

「いやあ、星野さま。あなたさまはお侍さまより、草双紙《くさぞうし》の作者にでもお成りになるべきですよ。じつに想像の力が達者でいらっしゃる」

笑いをこらえながら、源兵衛は言った。

藤馬はむっとして、

「では、誰なんだ」

「ですから、さるお方の所縁です。いまはそうとしか申せません」

頑《かたく》なに源兵衛は、素性を明かそうとはしない。

横を向いた藤馬にかまわず、通春が、

「ならば別のことを聞く。平嶋右京を存じておるな」

源兵衛は一瞬、目を白黒とさせたが、

「は、はい」

認めてから通春に、質問の真意を目で尋ねた。

「ときおり平嶋は、妖怪屋敷を訪ねておるそうだが、屋敷の住人とは知りあいなのか。まさか、妖怪と顔見知りということはあるまいがな」

通春は笑った。

「平嶋さまはたしかに、住人の方と知りあいでございます」

と答えてから、関係がどのようなものかは答えられませんが、と源兵衛は言い添えた。

「それでは、なにもわからぬな」

藤馬が不満を述べたてた。

「あの、なにか手前が咎められることでもあるのでしょうか」

源兵衛の言葉を、通春が即座に否定する。

「それはない」

「そもそも通春さまが、なぜ竹林屋敷のことをお調べになるのですか」

ふたたびの源兵衛の問いかけに、

「さきほども申したが、おれは野次馬根性が強くてな、それゆえ、こうして江戸市中を歩いておるのだ」

涼しい顔で、通春は答えた。

「民情視察、ということですかな」

「まあ、そういうことだ。わかった、すまなかったな。後日に出直すとしよう。それまでに、さるお方の了承を得ておいてくれ」

あらためて通春が頼むと、

「わかりました」

源兵衛はお辞儀をした。

「邪魔をした」

そう言い残し、通春は立ちあがった。

近江屋を出ると、通春と藤馬は妖怪屋敷に戻った。

藤馬が先に立ち、速足で竹林を抜け、母屋に至った。しばらくたたずんで、様子をうかがう。お京の話にあったように、竹林が母屋に影を投げかけている。

いい具合に風が吹き、夏の盛りというのに、涼しい。蝉の鳴き声も暑さを助長させるものではなく、屋敷に彩りを添えていた。竹の枝がしなる音と、絶妙に溶けあっている。

昼間の竹林屋敷は、妖怪の巣窟とはほど遠い、山里の一軒家といった風情《ふぜい》である。

二階の障子窓が閉じられている。せっかくの涼風を取り入れないのだろうか、と通春は疑問を抱いた。

用心深く藤馬が近づくと、玄関の引き戸を開けた。

中はがらんとしている。

耳を澄ませるが、人の気配はない。二階の窓が閉じられていたことと相まって、どうやら留守のようだ。

「あがってみますか」

藤馬は言ってから、なんだか盗人《ぬすっと》みたいですけど、と言い添えた。

「この屋敷を買うのだ。下見をするか」

無理やりな理屈をこじつけ、通春は玄関をあがった。

「違いありませんね」

藤馬も明るく応じて、ふたりは玄関をあがった。その際、念のために雪駄《せった》を懐《ふところ》に入れた。

あがってすぐに階段があり、その脇《わき》の廊下を進むと、右手に座敷があった。閉じられた襖《ふすま》に、絵図が貼ってある。なるほど、陸奥と麓山藩領の絵図である。

藤馬は目を凝らし、麓山藩領の絵図を食い入るように眺《なが》めた。川の名が記してあり、水源地も描きこまれており、そこに丸印があった。丸印は五か所あり、いずれも奥深い山の中である。

「やっぱり隠し金山ですかね。それとも、砂金が採れる川なのかも……」

ここに至って、藤馬は南郷家埋蔵金がこの屋敷にあるのだと確信したようだ。

通春は、藤馬のいつもの早合点を諫《いさ》めようとしたが、そのとき玄関で人の声がした。雪駄を懐に仕舞ってよかった。

「戸が開いていますよ。誰か締め忘れたのでしょうか」

女の声である。

「不用心でござりますな」

応じた男は、近江屋源兵衛である。

通春がこの屋敷を買い取りたいと言ってきたことを、源兵衛は女と相談するつもりなのだろうか。

そのまま源兵衛と女は、廊下を進んでくる。

通春と藤馬は身構えた。

この際だ、開き直ってお京の疑念をぶつけよう。平嶋右京と妖怪屋敷の正体があきらかになるかもしれない。

通春は、源兵衛と女を待った。

が、

「二階のほうが涼しいですよ」

源兵衛が言うと、

「こみ入ったお話ですから、涼しいほうがよろしいですね」

女も応じ、ふたりは階段をあがっていった。

「よかったですね」

藤馬は胸を撫《な》でおろし、

「いまのうちですよ。ひとまず退散しましょう」

返事を待たず、藤馬が玄関まで戻ってしまったため、通春も帰ることにした。

竹林屋敷を出ると、

「佐渡屋に寄るとしよう」

通春は言った。

「もう一度、お京の話を聞くのですか」

「平嶋も帰っているだろう。一緒に話を聞けば、一件落着だ」

通春は足早に歩きだした。藤馬は首をひねりながら従った。

六

そのころ、お京は佐渡屋の奥座敷で、平嶋と向かいあっていた。平嶋から折り入って頼みがある、と言われたのだ。

いつになく平嶋は真剣な顔つきで、お京と対していた。ただならぬ雰囲気を漂わせている。

「お京殿、百両を無心いたしたい」

言うや、平嶋は両手をついた。

「百両……」

お京はつぶやいた。

「勝手ながら、わけは話せぬのです。どうか、百両を……あ、いや、勝手な言い分であるとわかっております。事が一段落したら、かならずわけをお話しいたします。ですので、なにとぞ……」

平嶋は声を励まし、訴えかけた。

「平嶋さま、どうぞ、お顔をあげてください。それではお話ができません」

お京は声をかけた。

遠慮がちに、平嶋は面をあげる。

「百両という大金、佐渡屋であれば工面できます。平嶋さまは女将であるわたしの旦那さま、旦那さまが必要とされるのなら、用立てるのがわたしの務めです。ですが、わけをお聞かせくださらないことには、納得できません。どんな理由でもいいのです。理由によってお断りはしません。ですから……」

お京は切々と語りかけた。

平嶋はそれを受け止め、苦渋《くじゅう》の表情を浮かべると、

「申しわけございませぬ。いまは話せぬのです」

腹から搾《しぼ》りだすように答えた。

お京はため息を吐き、

「わたしは、あなたさまの女房のつもりです。あなたさまは、わたしを妻とは思ってくださらないのですね」

と、悲しげに目を伏せた。

「そんなことはない！　わたしはお京殿を愛《いと》しく想い、生涯を添い遂《と》げたいのだ」

大きく目を見開き、平嶋は返した。端整な面差しが歪《ゆが》み、それだけに真情を吐露《とろ》しているかのようだ。

「では、どうして打ち明けてくださらないのですか」

お京の目が涙で潤んだ。

「事が済めば……」

平嶋は唇を嚙んだ。

お京は頰《ほお》を引きつらせ、

「事とは、南郷家再興ですか」

「……………」

「再興が成ったのなら、御家に帰参《きさん》なさるのでございましょう。添い遂げるなど……白々しい嘘は吐かないでください」

抑えていた激情が溢れ、お京は金切り声となった。

平嶋は唖然《あぜん》となり、口を半開きにしていたが、

「南郷家再興など……どうして、そのようなことをお京殿は申される……いや、とぼけておるのではない」

と、落ち着いた口調で語りかけた。

「ですが、百両は妖怪屋敷、いえ、竹林屋敷に持参されるのでございましょう。御屋敷には、南郷家の埋蔵金が隠されておるのではないのですか」

お京は言い返した。

「読売の読みすぎですぞ。それゆえ、そのような絵空事を妄想《もうそう》されるのです」

「では、どうして夜更けに、竹林屋敷に向かわれるのですか」

「……ご存じだったのですか」

平嶋は小さく唸《うな》った。

「御屋敷にお住まいの方は、平嶋さまとどういう関係があるのですか。本当の奥

さまですか。お子さまもいらっしゃいますね」

畳みかけるように、お京は問いかけた。

平嶋は思案するように黙りこむ。

「正直におっしゃってください」

お京が声を大きくしたとき、女中が通春と藤馬の訪問を告げた。


通春と藤馬が奥座敷に入っていくと、都合よくお京と平嶋がいた。

「腹を割ります。わたしは、平嶋さまが竹林屋敷に通うのが怖くなって、こちらのおふたりに相談したのです」

お京が、平嶋に打ち明けた。

平嶋は黙って、通春と藤馬を見た。藤馬が通春を御家人の松田求馬で、自分は従弟の星野藤馬だと紹介し、

「松田殿は、町奉行所が取りあげない、さまざまな相談事に乗っておられるのです」

通春が竹林屋敷を探索する、もっともらしい理由をつけた。

平嶋は疑うことなくそれを受け入れ、

「たったいま、お京殿からわたしのおこないが、いかに疑念と恐れを抱かせたかを聞きました。情けないことに、まったく気づかずにおりました。それが、お京殿を苦しめておったとは……」

と、お京に向いて頭をさげた。

お京は戸惑っている。

通春が、

「平嶋さん、こうなったら包み隠さずお話しになったほうがいいな。おれも正直に言う。ついさきほど、竹林屋敷に忍びこんだ。で、麓山藩領の絵図を見た」

すかさず藤馬が、

「丸印がありましたが、隠し金山でしょう」

と、問いかける。

通春は渋面を作り、藤馬に口出しするな、ときつく言いわたした。藤馬は口をきつく閉じた。

「隠し金山など、とんでもない」

平嶋は右手を振って否定した。

通春は笑みをたたえ、

「名水が湧《わ》き出る土地を記したのだな」

「おっしゃるとおりです」

平嶋は認めた。

「名水……」

お京が驚きの声をあげ、藤馬も口をはさもうとしたが、通春の目を気にして黙った。

「竹林屋敷に住む子どもは、黒の頭巾を被っているのだったな。おそらく顔に病《やまい》があり、名水を必要としているのではないか」

通春の推量を、平嶋は認めた。

お京がくわしい説明を求めるような眼差しを、平嶋に向けた。

平嶋は居住まいを正して話しはじめた。

「わたしの素性から語ります。わたしは、直参旗本《じきさんはたもと》・大野内蔵助《おおのくらのすけ》の次男でした。縁あり、十年前に陸奥国麓山藩の藩士・平嶋嘉平《かへい》殿に養子入りしたのです」

養子入りして、麓山藩の国許で郡方《こおりかた》の役人を務めた。

平嶋は領内をまめにまわり、領民の暮らしや地域の名産品、名勝《めいしょう》を把握《はあく》した。

それだけに、読売が興味本位で書きたてている埋蔵金だの隠し金山だのの記事を見ると、無性に腹が立った。

お京が見た平嶋の怖い顔は、そうしたわけがあったのだ。

郡方の役人として充実した日々を送っていた最中、南郷家は改易となり、江戸に戻ってきた。

実家で居候しながら仕官先を探したが、容易には見つからない。

そんなとき、お京とめぐりあった。

商《あきな》いに自信はなかったが、少しずつでも学んでいこうと思い、お京と夫婦になった。客とのやりとりに慣れるため、店に出た。

「そんなある日、姉から連絡があったのです」

平嶋の姉、千代は、嫁ぎ先から実家に戻っていた。

「息子の亀太郎が、雁瘡《がんがさ》を患《わずら》ったのです……」

そう千代は言った。

雁瘡とは、ひどい痒《かゆ》みに苦しむ病である。雁が飛来する晩秋《ばんしゅう》に発症し、去る春に治《なお》る、ことを繰り返すため、雁瘡と呼ばれている。亀太郎は顔を雁瘡で患い、まるで火傷《やけど》のようにかぶれてただれていた。

「このため、なるべく涼しいところで養生しよう、そこで良薬を取り寄せよう、ということになったのです」

平嶋は甥《おい》のため、夏でも涼しく、蝮が棲息しているという噂から人が寄りつかない竹林屋敷に目をつけた。

「幸い、家主は南郷家出入りの近江屋殿でした。わたしは事情を打ち明け、夏の間、借り受けることができたのです」

近江屋源兵衛は亀太郎に同情し、蝮が棲息していることに加え、妖怪の棲み家という噂をもっと広めたのだった。

「さらに源兵衛殿は、皮膚病《ひふびょう》の名医をお呼びくださり、わたしは麓山藩領で眼病、皮膚病に効くと言われている名水を取り寄せようと思ったのです。ですが、それらの費用に、百両を要します。勝手ながら、お京殿に無心しようと思った次第です」

平嶋の実家も千代の嫁ぎ先も、五百石の下級旗本。百両もの大金を用立てることなどできないそうだ。

「折った鶴の残りを竹林屋敷に持っていったのは、甥御さんの病平癒《へいゆ》を願ってですね」

涙ぐみながら、お京は問いかけた。

平嶋は小さく首肯《しゅこう》し、

「お京殿、苦しめてしまい、申しわけありませぬ。わたしの不徳のいたすところです」

と、丁寧に頭をさげた。

「わたしこそ、早とちりもいいところで……平嶋さまを信頼して、もっと早く竹林屋敷のことを聞けばよかったのです」

「お京殿は悪くないですぞ」

優しく平嶋が返すと、

「百両、お使いください……平嶋さま、この家に居てくださいますね」

お京は平嶋に微笑《ほほえ》んだ。

「もちろんです。わたしは、お京殿の夫です」

「お京殿はやめてください。どうか、お京、と呼んでください」

お京の頼みに、

「ならば、お京もわたしを……おまいさん、と、呼んでくれ。わたしは武士を捨てる……たったいま、そう決意した」

平嶋は胸を張った。

武士の矜持《きょうじ》を失ったのではない。武士へのこだわりを捨て、商人として生きる……お京とともに新たな人生を踏みだそうと、平嶋は決意したのだ。

通春は、夫婦の邪魔だと藤馬をうながし、奥座敷を出た。

背後から、

「おまいさん」

というお京の甘えた声が聞こえた。

決して不快ではない、むしろ微笑ましい気分に浸《ひた》った。


数日後、離れ座敷にお珠がやってきた。

妖怪屋敷騒動が落着し、

「結局、夫婦喧嘩の仲裁みたいなものでしたな」

藤馬は不満を漏らしたが、お珠はお京と平嶋の夫婦の絆《きずな》が強まり、佐渡屋が繁盛すると喜んでいる。

「平嶋さまったら、髷《まげ》を商人風に結い直して、佐渡屋さんの前掛けをして、一手代としてお店に出ているそうですよ。朝早くからお店のお掃除、お客さんの相手、夜には帳面付、それはもう商人に成りきっているんですって」

お珠が声を弾ませて報告すると、

「そうだ。佐渡屋さんで、紅を買ってこよう」

と、そそくさと出ていった。


お珠が離れ座敷の木戸を出ると、深編笠《ふかあみがさ》を被った武士が立っていた。身形《みなり》の整った、身分ある侍のようだ。

「有馬《ありま》さま、うまくいっております」

お珠は武士に言った。

通春や藤馬に対するざっくばらん、陽気な町娘の様子とは一変し、形式ばった態度だった。

武士は有馬氏倫《うじのり》、将軍徳川吉宗の側近、御側御用取次《おそばごようとりつぎ》の任にある。

そして、お珠は公儀御庭番であった。

松平通春を守ると同時に、監視する役目を有馬から命じられている。

有馬は深編笠を手であげた。

次いで、ぎょろ目をしばたたき、

「そうか、通春さまは、南郷家埋蔵金話に興味を持たれたか」

満足げにうなずいた。

「好奇心旺盛《おうせい》な通春さまです。探らずにはいられぬでしょう」

お珠は離れ座敷を見やった。

「公儀御庭番に探索させておるが、はかばかしい成果は得られておらぬ。南郷家埋蔵金があるやなしや……南郷浪人どもなにか企てておるのか……密命将軍・松平通春さまならあきらかにしてくださるだろう。上《うえ》さまも期待を寄せておられる。通春さまの破天荒《はてんこう》でいて、筋を通すさまをな」

有馬も期待のこもったぎょろ目を、離れ座敷に向けた。

「加えて通春さまは、情を解されます。貴人に情なし、というお方が多いなか、通春さまは民の暮らしに溶けこんでおられるせいか、民と喜怒哀楽をともにできるお方です」

お珠の言葉に、有馬は「そのとおりじゃ」と力強く返し、

「それゆえ、上さまは密命将軍を任された。ご自身も市井《しせい》の者と触れあいたいという思いを、通春さまに託《たく》されたのじゃ」

と、離れ座敷に向かって、深々と腰を折った。

降るような蝉の鳴き声が、あたりを覆っている。

今年の夏も暑くなりそうだ。

密命将軍・松平通春……その名のとおり、ふんわりとやわらかで温かみのある春風に吹かれたような男が、酷暑《こくしょ》を斬《き》る……お珠はそんな予感に駆られた。

第二話　二刀流の誇り

一

水無月《みなづき》二十日の夜、松平通春はなんとなく丸太屋を出て、ひとり散策をした。空色地に花鳥風月《かちょうふうげつ》を描いた艶《あで》やかな小袖《こそで》に、草色の袴《はかま》を身に着けている。あてがあるわけではなく、霊岸島《れいがんじま》方面にそぞろ歩き、霊岸橋に至った。海辺とあって潮風《しおかぜ》が涼を運んでくれる。花火を見あげながら、行灯《あんどん》の灯《あか》りに引かれるようにして、橋の袂《たもと》にある一軒の酒場に入った。

掛行灯の淡い灯りに照らされた店内は、小上がりの座敷が拡がるだけの殺風景な空間だ。座敷といっても、装飾品の類《たぐい》のない板敷である。

座敷の奥には土間に縁台が置かれ、小皿が並べられていた。小皿には煮豆が盛られている。小皿のほかに、甕《かめ》がふたつ、でんと据《す》えてあり、柄杓《ひしゃく》が添えてあった。甕の前には、茶碗《ちゃわん》が積んである。五郎八茶碗と呼ばれる瀬戸物で、道具屋の店先に、十把《じっぱ》一絡《ひとから》げで売られている安物だ。

男がひとり、縁台に腰かけている。店の亭主《ていしゅ》のようだ。

紺地木綿《こんじもめん》の単衣《ひとえ》を着流した中年男だが、姿勢がよいのが目につく。戸口に掲げられた箱提灯《はこぢょうちん》に、「甚右衛門《じんえもん》」と記されていたから、店名であり亭主の名前かもしれない。それにしては、「いらっしゃい」のひとこともない。

「亭主、酒をくれ」

通春は声をかけた。

亭主は無言で、甕と五郎八茶碗を見ると、顎《あご》をしゃくった。

自分で注《つ》げ、ということのようだ。

その無愛想な態度に、腹は立たない。むしろ、よけいな詮索《せんさく》をされることなく、自分の調子で飲めそうだ。

通春は縁台の前に立ち、五郎八茶碗を取った。縁が欠けている。他の茶碗もひびが入っていたり、穴の空いているのもあった。

「おもしろいなあ」

奇妙なおかしみを感じ、通春は比較的ましな茶碗を選んで、甕から柄杓で酒を注いだ。白濁《はくだく》した、おそらくはどぶろくのようだ。

「肴《さかな》は……」

ふたたび問いかけると、亭主は小皿を見た。

肴は煮豆だけなのだろう。

板敷は、意外と掃除が行き届いている。昼間に見れば埃《ほこり》や汚れも目につくかもしれないが、灯りの届く範囲はきれいにされていた。

「貸しきりだな……」

つぶやくと通春は、板敷の真ん中にどっかと腰を据えた。

安酒場で無愛想な亭主とふたりきり……気まずい構図であるが、ひと口酒を飲むと気分がほぐれ、この店の雰囲気に浸《ひた》ることができた。

期待していなかったのだが、煮豆は美味《うま》かった。甘辛く煮込まれ、嚙《か》むほどにじわっとした煮汁が口中に広がって、どぶろくと抜群の相性である。

美味い肴で清酒《せいしゅ》を飲むのは至福《しふく》の時だが、こうしたざっかけない安酒場で気兼ねなく、ひとりで晩酌《ばんしゃく》を楽しむのも悪くない。なにより、藤馬やお珠のような、うるさいのがいないのがいい。

一杯飲み、二杯目をお替わりしようとしたところで、どやどやと男たちが入ってきた。自分の世界を侵《おか》されたような気になったが、酒場であるからにはしかたがない。

半纏《はんてん》に腹掛けといった、職人風の男たち三人である。三人はすでに酔っていた。

「親父、酒だ。酒をくれ」

ひとりが呂律《ろれつ》のまわらない言葉を、亭主に投げる。亭主は無言で、甕に向かって顎をしゃくった。

「なんだ、おれたちは客だぞ。客に酒を注がせるのか」

ひとりが文句をつけた。

亭主は黙っている。

「聞こえねえのか！」

男は怒鳴った。

「いやなら、出ていけ」

ようやく亭主は口を開いた。

その口調は凛《りん》としており、粗末な着物とは対照的だ。酔っ払いを相手にするのは慣れているのだろうが、微塵《みじん》もたじろがない態度は、相当に肝《きも》が据わっている。

「客に出ていけだと」

男たちは因縁《いんねん》をつけ、亭主に近づいた。

「うちの約束事を守ってくれぬ者は、客ではない」

縁台に腰かけたまま、亭主は毅然《きぜん》と言い放った。

素性《すじょう》は侍なのか、と通春は訝《いぶか》しんだ。言葉遣《づか》いといい、背筋の伸びた姿勢といい、亭主は武家……いや、かつて武家であったことを物語っていた。

「野郎、舐《な》めやがって」

ひとりが亭主の前に立ち、襟首《えりくび》をつかんだ。

が、

「いてて！」

悲鳴をあげ、顔を歪《ゆが》ませる。

亭主は男の手をねじりあげ、腰をあげた。ほかのふたりを睨《にら》みながら、戸口まで男を連れてゆき、

「帰れ」

と、腕を解いて背中を押した。

残るふたりが殴りかかった。

亭主は敏捷《びんしょう》な動きで向き直ると、右と左の拳《こぶし》を、おのおのの鳩尾《みぞおち》に叩《たた》きこんだ。

ふたりは、膝《ひざ》からくずれた。

亭主はふたりの襟をつかみ、これまた戸口まで連れてゆくと、外へ放りだした。

酔っ払いを片付け、亭主は何事もなかったように縁台に腰かけた。

通春は二枚目の酒を注ごうと、縁台の甕までやってきた。甕から柄杓で、酒を注ぎ、

「あざやかだな」

と、声をかけた。

亭主は、

「見苦しいものをお目にかけた」

と、軽く頭をさげた。

「よけいなことだが、亭主は武士だな」

通春が問うと、

「以前は……」

短く答えてから、店の約束事を守る通春に好印象を受けたのか、話を続けた。

「侍の癖《くせ》が抜けぬゆえ、商《あきな》いもこのように無愛想な店しかできぬ」

「よい店ではないか。わたしは気に入ったぞ」

通春の賛辞に、

「世辞でもありがたい」

これまた亭主は無愛想に答えた。

「浪人されて、長いのか」

「まあ……かれこれ六年になるか……」

亭主は目をしばたたいた。

それ以上は口を利く気がないようで、唇を固く引き結んだ。

通春も口を閉ざし、黙々《もくもく》と飲み食いをして勘定を支払った。酒も肴も五文だ。酒二杯、小皿一枚で十五文を置き、通春は店をあとにした。

花火は終わり、満天の星空だ。

気分がよくなり、通春は丸太屋に帰った。


離れ座敷に着くと、コメが出迎えた。

通春はコメを抱き、濡《ぬ》れ縁《えん》で涼む。煮売り酒場、甚右衛門のことが脳裏《のうり》を去らない。あの男は、なぜ浪人して安酒場を営《いとな》んでいるのだろう。

いったい、どんな半生を歩んできたのだろうか。

自分とはかかわりのない赤の他人であるが、つい気になってしまう。立ち振る舞いは、侍の矜持《きょうじ》を失っていない。おそらくは、ひとかどの武士であっただろう。身分はともかく、相当な武芸と学問を身に備えているに違いない。

ときおり顔を出してみるか。

近づきになりたいというのではない。そもそも、あの男は友人になるのを拒《こば》むだろう。距離は縮《ちぢ》まらないだろうが、飾りけのない空間で煮豆を肴に安酒を黙って飲む……それが、ひどく魅力的に思えた。殺風景だが、不思議な温《ぬく》もりを感じてしまった。

明くる朝、

「通春さま、昨晩はどこへお出かけになられていたのですか」

非難めいた顔で、藤馬は問いかけた。

「涼みにいっておった」

けろっと通春は答える。

「まことですか」

疑わしそうに藤馬は返した。

「そうだ」

ぶっきらぼうに返す。

「それならよいですが、くれぐれも夜道のひとり歩きは用心してください」

「おれは娘ではないぞ。それとも、読売が物騒なことを書きたてておるのか」

読売好きの藤馬に、通春は返した。

「読売は相変わらず、南郷家の財宝をめぐる話題で持ちきりですぞ」

懐中から読売を取りだそうとしたところを、

「よい」

通春は拒んだ。

「そんな絵空事が話題をさらっておるということは、江戸は泰平ということだ」

「まあ……そうかもしれませんが……」

「なんだ、不満そうだな。なにか事件が起きてくれと願っておるのか」

「それは、通春さまも同じではありませぬか」

「退屈も、ときにはよいものだぞ」

通春はコメの顔を覗《のぞ》き、顎を搔《か》いた。気持ちよさそうな鳴き声をあげる。コメは通春が退屈ゆえに相手をしてくれていると、わかっているようだ。

好物のおかきを食べやすい大きさに砕き、コメにやった。コメは目を細め、夢中でおかきを食べはじめた。

猫の苦手な藤馬は、コメの機嫌がいいことに安堵《あんど》して話を続けた。

「たしかに、そうかもしれませぬが、やることがないというのは、それはそれでつらいものです」

「贅沢《ぜいたく》な悩みだな」

通春は笑った。

「通春さまも、退屈が続けばもどかしくなられますよ。で、なにか事件はないかと、催促《さいそく》されます。それにですよ、松平通春あるところ騒動あり、ではありませぬか」

藤馬に言われ、通春は苦笑した。

「それでは、まるでわたしが騒動の種みたいではないか」

「騒動の中心となって、密命将軍・松平通春によって落着に導かれる、ということです」

藤馬の追従《ついしょう》に、

「ふん、おまえも騒動にかかわりたいのだろう」

通春が返すと、

「お見通しです」

藤馬はぺこりと頭をさげた。

軒《のき》につられた風鈴《ふうりん》が心地よい音《ね》色《いろ》を聞かせ、朝顔《あさがお》売りの声が響いている。平穏《へいおん》な夏の昼さがりだった。

二

その後、通春は何度か甚右衛門を訪れた。

甚右衛門は夕刻に開店し、昼間は営んでいない。

無言で飲み、食い、勘定を置いて帰る。その間、亭主とは言葉を交わさない。名前すら確かめていないが、それはお互いさまだ。ぽつんぽつんと来店する客は、いずれもひとりだ。みな、無言のうちに煮豆の小皿ひとつ、酒は一杯か二杯、せいぜい三杯までである。

騒ぐ者、語る者のいない静かな世界に身を浸す。客筋は町人ばかりだが、あまり金を持っていそうな者たちはない。安酒場ゆえであるが、それよりもひとりで自分の時間を過ごしたい者たちばかりのようだ。

今夜もそんな時を過ごそうと、通春は甚右衛門の店にやってきた。水無月二十五日の暮れ六つである。

すると、

「おや……」

戸は閉まっていた。

休みのようだ。

残念がると、戸の貼り紙に気づいた。

夕陽を頼りに目を凝《こ》らすと、しばらくの間休むとだけ記されている。素っ気ない文がいかにも亭主らしく、達筆な文字が武士の矜持を示しているようだ。

しばらくとは、いつまでだろう。

病《やまい》を患《わずら》ったのか、それともなにか事情が生じたのか。そういえば、妻や子はいるのだろうか。

無愛想な男に、勝手ながら親しみを抱いたゆえ、詮索したくなってしまう。

通春は閉じられた戸と灯りの消された提灯を見ながら、しばらくたたずんだ。

それから五日を経た晦日《みそか》だが、甚右衛門は閉まったままだった。無駄足と思いつつ、昼間に甚右衛門を訪れた。

すると、戸が開いている。

今夜から店を再開するようだ。日が暮れたら顔を出そうと思ったが、中の様子が知りたい。普段、昼間は営業をしていないが、掃除でもしているのだろうか。もしかすると煮豆を煮込んでいるのかもしれない。いや、台所はなさそうだったから、店で料理はできまい……。

いずれにしても、再開に向けた支度中なのだろう。

酒を飲ませてはくれないだろうが、ちょっとだけ覗こうか、と通春は、

「御免」

と、声をかけてから足を踏み入れた。

女が板敷を雑巾《ぞうきん》掛けしている。亭主の女房かもしれない。見まわすと、亭主の姿はない。

「はい」

雑巾掛けを止め、女はこちらを振り向いた。

女房にしては若い。手拭《てぬぐ》いを姉さん被《かぶ》りにし、襷《たすき》をかけていた。

「ときおり、ここで飲んでおる客なのだが」

どう説明してよいかわからず、そんな言葉で語りかけた。

板敷から土間におり、

「はあ……」

娘は首を傾《かし》げた。

「そなたは亭主の身内か」

通春が問いかけると、

「娘でございます」

答えた口ぶりからして、娘はやはり武家の出のようだ。

「わたしは、松田と申す。ええっと、亭主の名は聞いてはおらぬのだが、このところ、店を休んでおるので気になっていたのだ。亭主、ひょっとして病を患ったのか」

通春は問いかけた。

「ええ、まあ……」

娘は曖昧《あいまい》に口ごもった。

目を伏せ、話しづらそうだ。

聞かれたくはない事情であれば、立ち入るのはよけいなお節介であろう。そもそも、お互いを干渉《かんしょう》しないのがこの店のよさで、通春もそれゆえ好感を抱いて通っているのだ。

「ならば、今夜にでも来る」

通春は帰ろうとしたが、

「あの……」

娘に引き止められた。

振り返ると、

「お店は引き払うのです」

最悪の事態を聞かされた。

「えぇっ……そうか……」

絶句し、通春はうなずいた。

亭主は重篤《じゅうとく》なのか、それとも別の理由が生じたのか。わけを知りたいが、聞くのがはばかられた。

「残念だがしかたがない。楽しませてもらった。お父上にお礼を申してくれ」

通春は言った。

「ご丁寧《ていねい》にありがとうございます」

頭から手拭いを取り、娘は腰を折った。

戸口から出ようとしたとき、慌《あわ》ただしい足音が近づいてきたと思うと、通春を突き飛ばして押し入ってきた。

武士がふたりである。

どちらも中年の浪人、三十なかばだろう。ふたりとも月代《さかやき》が伸び、ひとりは長身で痩《や》せぎす、もうひとりは対照的にずんぐりとした短躯《たんく》だ。

通春は突き飛ばされ、土間に転倒してしまった。

「美奈《みな》殿、御家老に会いたい」

長身が言った。

短躯は眦《まなじり》を決している。ふたりとも汗にまみれ、暑苦しいことこのうえない。

美奈と呼ばれた娘は、ふたりの勢いに押され、たじろいだ。

通春は立ちあがり、

「人を突き飛ばしておいて、無礼であろう」

と、ふたりの前に立った。

長身が目を白黒とさせ、

「ああ、これは失礼した。急いでおったゆえ」

いかにも面倒くさそうに一礼した。

その間に、短軀が美奈に近づき、

「御家老のところへ案内くだされ」

と、脅《おど》しつけるような口調で頼みこんだ。

美奈はうつむいている。

「ちょっと待て、なにを脅しておるのだ」

通春は、短軀と美奈の間に立った。

「貴殿とはかかわりないこと」

通春の顔も見ず、短軀は吐き捨てた。

「おれはこの店の常連だ」

通春は胸を張った。

「常連……客か。客だろうがかかわりない」

短軀は通春を押しのけようとした。

「馬鹿め」

通春は腕をつかみ、短軀を外に引きずりだす。心配になったのか、長身がついてきた。通春はふたりと対峙《たいじ》した。

ふたりは顔を見あわせていたが、

「美奈殿、また来ますぞ」

長身が店に向かって声を放つと、そそくさと立ち去っていった。

通春が店に戻ると、美奈が頭をさげた。

「ご面倒をおかけしました。ありがとうございます」

「性質《たち》の悪い者どもですな。また来ると申しておったが、何度か来ておるのですか」

通春の問いかけに、
美奈は答えた。

「今日で三度目です」

「聞くともなく耳に入ったのだが、亭主……お父上は、御家老と呼ばれておった。立ち入ったことを聞くが、どこかの大名家に仕えておられたのかな。あ、いや、人に素性を聞く前に、自分の素性を明かすべきですな。おれは御家人の松田求馬と申します」

通春は市井《しせい》を歩くときに使う、偽名《ぎめい》を告げた。

それにしてもあの亭主は、武士の品格を感じさせたが、まさか大名家の家老とは意外であった。どれほどの石高《こくだか》の大名かはわからないが、家老職ともなれば、旗本並の家禄である。いくら浪人したとはいえ、場末の安酒場を営んでいるとは、よほどの事情があるのではないか。

美奈は答えづらそうにしていたが、

「よろしかったら、うちにいらしてください」

と、誘ってきた。

「かまわぬが……お父上はお許しになるのかな」

通春は気遣った。

「松田さまは信頼のおけるお方だと思います」

美奈はそう言い、店を出ていった。

家は、店から一町ほど東にあった。長屋ではなく、浄土宗《じょうどしゅう》の観念寺《かんねんじ》という寺院である。観念寺の境内《けいだい》に庵《いおり》を結び、住んでいるということだった。

美奈が挨拶《あいさつ》をすると、父親が出てきた。単衣に袖無の羽織《はおり》を重ねていた。

通春を見て、

「貴殿……」

戸惑いの目をした。

美奈が、店での経緯《いきさつ》を説明する。

「そうでありましたか……それは、お手数をおかけしましたな」

と、礼を述べたてから、

「拙者《せっしゃ》は奥州浪人、牧野《まきの》甚右衛門と申す」

牧野の名乗りを受け、通春は御家人の松田求馬だと自己紹介をした。

お互いの名乗りのあと、通春は中に通された。板敷に囲炉裏《いろり》が切ってある。美奈が、冷たい麦湯《むぎゆ》を用意してくれた。

囲炉裏端《ばた》に座り、まずは麦湯で喉《のど》を潤《うるお》した。

「さきほどの浪人が、牧野殿を御家老と呼んでおったが……」

通春が言うと、

「まあ、家老を務めておりましたな」

牧野は小さく息を吐いた。

「差し支《つか》えなければ、どちらの御家中ですかな」

この問いかけには、牧野は一瞬の躊躇《ちゅうちょ》をしてから、

「陸奥国麓山藩・南郷大和守盛泰さまの家老を務めておりました」

さらりと答えた。

なんと、巷間《こうかん》で話題の南郷家の家老だとは……。

藤馬ならずとも、野次馬根性に駆られてしまう。

「ほう、南郷家の……あ、いや、そう申したのは、巷《ちまた》では南郷家の話で持ちきりでございますのでな」

正直に、自分の野次馬根性を吐露《とろ》した。

「そのようですな」

牧野は自嘲《じちょう》気味な笑みを浮かべた。

「お店に来たふたりは、南郷家の旧臣ですな」

「背の高いほうが宇野三次郎《うのさんじろう》、ずんぐりが木村敬之助《きむらけいのすけ》……どちらも、盛泰さまの馬廻《うままわ》り役《やく》でございましたな」

「馬廻りと申せば、殿さまを護衛する立場。それにしては弱かったな」

通春の評価に、牧野は弱く笑った。

三

「ほかにお身内は……」

通春は周囲を見まわした。

「妻は、三年前に病で亡くしました。美奈のほか、息子がひとりおりました。美奈の兄ですが、御家改易《かいえき》となったのち、しばらくしてわが家を出ていきました」

「すると……」

「美奈とふたり暮らしですな」

牧野は言い添えた。

寂しいですな、と言いかけて通春は止めた。

牧野は通春の心中を察したように、

「もう、慣れました。遠からず、美奈も嫁《とつ》げば、ひとりのんびりと余生を送るつもりでしたが……」

牧野はため息を吐いた。

「宇野と木村の来訪が、そうはさせてくれないのですな。牧野殿は店を閉じ、どこかへ引っ越そうとしておられたのでしょう。ふたりの来訪を嫌って、ですな」

「さようです」

牧野はうなずいた。

「ふたりが牧野殿を訪ねるのは、巷で流れている南郷家埋蔵金《まいぞうきん》、そして御家再興を果たそうとして、ということですか」

通春の問いかけに、牧野は薄笑いを浮かべ、

「まったく、愚《ぐ》にもつかぬ読売の記事を真《ま》に受けるとは、どうしようもない者どもです」

困ったものだ、と牧野は嘆《なげ》いた。

「牧野殿は、隠し金山も埋蔵金もない、とおっしゃるんですな」

ずばり、通春は問いかけた。

「ありません」

即座に牧野は否定した。

「埋蔵金も隠し金山も、あくまで噂《うわさ》、あるいは作り話だと」

「そのとおりです」

牧野は二度、三度と首を縦に振った。

「しかし、どうして、そんな噂が流れたのでしょう」

「まあ、噂というものはいいかげんなもの。根も葉もござらぬ」

「しかし、火のないところに煙は立たず、とも申します」

「まあ、そうは申しますが、南郷家に関しては、埋蔵金も隠し金山も存在せぬ。そんな夢幻《ゆめまぼろし》のごときにすがり、御家再興を願っておるとは、まったく情けないにもほどがある。死んだ子どもの歳を数えるようなものだ」

牧野は淡々と述べたてる。

「では、宇野と木村にも、はっきりと申してやればよいではないですか」

通春の言葉に、

「むろん、強く申した。しかるに、ふたりは信用せず、わしのところにやってくる。まこと、迷惑な話だ」

次第に、牧野は憤慨《ふんがい》していった。

通春はその話題はそれまでとし、ふとしたように、

「煮売り酒場は、どうしてはじめられたのですかな」

牧野は頬《ほお》をゆるめ、

「じつは、ほかにもあれこれと商いをやったのです」

と、照れたように言った。

最初は、町道場を開いたそうだ。

「国許《くにもと》で研鑽《けんさん》を積んだ流派で、南郷二刀流《にとうりゅう》でござる。これが少々、変わった剣でしてな」

南郷二刀流は、大小二刀を駆使《くし》する剣法ながら、

「左手に大刀を持つのでござる」

なるほど、左手に大刀とは操りにくいことこのうえない。武士に左利きはいないからだ。たとえ、左利きであっても、幼いころに右利きに矯正《きょうせい》される。

利き腕でない左手に大刀を持つとは変わった剣法であるし、それを身につけるには相当な修練が必要となろう。

「牧野家は南郷家の一族でしてな、幼いころより南郷二刀流を学びます」

そんな特殊な剣法であったため、江戸で道場を開いても、最初のうちこそ、物珍しさで入門者がいたが、次第にその特殊性、修練の大変さで、門人は離れていった。

「とうとう、閑古鳥《かんこどり》が鳴くありさまとなりましてな、これは閉めたほうがよかろうと……それが四年前で、そのときですな、息子の格之進《かくのしん》が出ていったのは」

格之進は、南郷二刀流の達人と称されていたそうだ。

「技量は、わしをはるかに上まわるものがありました。国許におったころは、山籠《ごも》りをして修行し、熊を退治《たいじ》したこともあった……」

懐かしそうに、牧野は目を細めた。

格之進は、ひたすら武芸を極めることを、人生の目的としていた。美奈より七つ上で、今年二十五になるという。

「格之進は、まさに武芸ひと筋の男であった。道場の門人が居つかなかったのは、南郷二刀流が特殊な剣法であることに加えて、格之進の稽古《けいこ》が厳しすぎた。妥協《だきょう》を許さない厳しさを、門人にも強《し》いたからだった」

牧野の話は、格之進という若侍の気性を物語っていた。絵に描いたような武骨な武芸者なのだろう。

格之進は道場閉鎖後、回国《かいこく》修行の旅に出たのだそうだ。

「武芸者として、剣の道を究《きわ》めたいというのが、格之進の強い希望であった」

牧野は言った。

「その後、音信は……」

通春が問いかけると、

「三年ほどは、行き先々から文が届いた。しかし、次第に届く間隔《かんかく》が長くなり、ついにはこの一年はないな」

達観した様子で、牧野は語った。

それから、

「ひょっとして、この世にはおらぬかもしれぬ」

言い添えた。

だが、腕のいい武芸者ならば、回国修行先では歓待される。路銀《ろぎん》を渡され丁重に扱われるため、野垂れ死ぬことはないだろう。

「それゆえ、ひょっとすると、どこかの地で妻を娶《めと》り、暮らしを立てておるかもしれぬな」

他人事《ひとごと》のように、牧野は考えを述べたてた。

それから我に返ったように、浪人後の暮らしを語りだした。

「ともかく、道場では暮らしてゆけぬとわかり、傘張《かさは》り、朝顔造り、などもおこなったが、どうもうまくゆかぬ」

あげくにいきついたのが、煮売り酒場であった。

「日銭が入るうえ、客をもてなすこともない。客は、安い値で酒を飲めればいいという者ばかり。気遣いもいらぬと、半年ほど前からはじめたのでござる」

豆は美奈が煮込み、酒は牧野が造るどぶろくだそうだ。

「引っ越し先でも、煮売り酒場を営むのですか」

通春は期待をこめて尋ねた。

「そのつもりだ。まだ店は見つけてはおらぬのですがな」

「ぜひ、うかがいたいものですな」

通春は心から願った。

「そうだ、松田殿は、直しはお飲みになりますかな」

嬉《うれ》しそうに、牧野は問いかけた。

「直し……」

通春は首をひねった。

「焼酎《しょうちゅう》を、味醂《みりん》で割った酒でござる。上方《かみがた》では柳蔭《やなぎかげ》と称されておりますぞ。飲んでみるのも一興でござろう」

牧野に勧められ、途端に飲んでみたくなった。牧野もいける口なのだろう。

「美奈、すまぬ」

牧野が頼むと、美奈はにっこり微笑《ほほえ》み、直しを作った。ほどなくして、お盆に五郎八茶碗がふたつ乗せられてきた。

「さあ、どうぞ」

牧野に勧められ、通春は茶碗を取った。冷んやりとする。

「夏は井戸水で冷やすと、美味いのでござる」

牧野の説明に納得し、通春は茶碗の直しをひと口飲んだ。

「おお、これは……」

焼酎の臭《くさ》みときつさが味醂で消され、甘味が加わっている、おまけに冷たさが心地よく、あっという間に飲み干してしまった。

「いけますな」

相好《そうごう》を崩し、通春は空になった茶碗を眺《なが》めた。

「よかった。気に入っていただけたようだ」

我が意を得たりと、牧野も嬉しそうにお替わりを勧めた。断る理由はなく、通春はお替わりを頼んだ。美奈がお替わりと、小鉢を持ってきた。小鉢は、青菜の煮付である。

「飲み口がよいので、ついつい過ごしてしまう。すると、腰が立たなくなりますぞ。ご用心を」

牧野に言われ、

「なるほど」

もっともだと受け止めながらも、二杯目を心地よく味わった。青菜も煮豆同様にいい具合に煮付られ、直しによく合っていた。

「これは、いける」

すっかり居心地がよくなった。

「こう申してはなんですが、松田殿とは、長年の知己《ちき》のような気がいたします」

目元をゆるませ、牧野は言った。

甚右衛門で見かける無愛想な亭主とは思えない親しみようだ。好い酒は、人との交友に効き目を表す。悪酔いは、人との関係を壊すのだが……。

「牧野殿、過ごされたのではござりませぬか」

「心地よいですな」

「まったくです」

通春も笑みを返した。

「とても楽しそうですね」

美奈は牧野を見て言った。

「うむ、まこと、このような酒はひさしぶりだ。気分がよい」

心地よさげに牧野は身体を揺らした。

だがそこで通春は、ふと不吉な予感に襲われたのだった。

四

牧野甚右衛門の家を訪問して、数日が経過した。月が替わり文月《ふづき》三日、暦《こよみ》のうえでは秋だが、残暑厳しい昼さがりである。日差しは相変わらず強烈で、往来には陽炎《かげろう》が立ちのぼっている。

景色が陽炎で揺れているのか、酷暑《こくしょ》ゆえ頭がぼおっとしているため揺れて見えるのか、よくわからない。

コメもぐったりと寝たまま、鳴くのも億劫《おっくう》のようだ。

そこで藤馬が、

「殺しがあったそうですぞ」

と、告げてきた。

外出先から戻り、汗まみれの顔とあって、鬱陶《うっとう》しいことこのうえない。

「そうか」

腕枕で寝そべり、コメの頭を撫《な》でながら生返事をすると、

「殺されたのは浪人がふたり……ですが、ただの浪人ではありません」

通春の関心を引こうとしてか、藤馬は勿体《もったい》ぶって言葉を止めた。しかし、通春の興味は、コメとじゃれることに向けられたままとあって、

「驚かないでくださいよ。殺されたのはなんと、南郷浪人なんです」

と、大きな声を出した。

「南郷浪人だと……どんなふたりだ」

嫌な予感にとらわれ、通春はむっくりと半身を起こした。横にコメが、ちょこんと座る。

「なんでもひとりは長身、ひとりはずんぐりしたって浪人だったみたいですよ。ふたりとも、霊岸橋の袂にある安酒場で死んでいたそうです」

霊岸橋袂の安酒場……南郷浪人、長身とずんぐりのふたり……。

煮売り酒場甚右衛門で、宇野と木村が殺されたのだろうか。

「ちょっと出かけてくる」

通春は言い置くと、袴は着けず空色の小袖を着流したまま、外へ飛びだした。

「待ってくださいよ……どちらへ行かれるんですか」

すがるような藤馬の問いかけを振り払うようにして、通春は進み、足早に牧野が住む新川《しんかわ》の観念寺までやってきた。

草庵に着くと、美奈がいた。

美奈は茫然《ぼうぜん》とした顔で、囲炉裏端に座っている。牧野はいなかった。通春に気づくと、美奈は立ちあがり、一礼した。

「南郷浪人が殺された、と聞いたのだが……」

ここまで言ったとき、

「松田さまが追い払ってくださった、宇野さまと木村さまです」

美奈は告げた。

「やはり……」

つぶやいてから、牧野の所在を確かめた。

「父は自身番です」

「それはまたどうしてなのだ」

「おふたりが殺された場所が、甚右衛門でしたから、町奉行所のお役人に事情を聞かれておるのです」

ふたりの亡骸《なきがら》が見つかった新川の安酒場は、やはり甚右衛門の店だった。ふたりとも、一刀のもとに斬殺《ざんさつ》されていたという。南町奉行所は、牧野を下手人とまではいかなくとも、疑念をもって捕縛《ほばく》したようだ。

「行ってくるよ」

短く告げて、通春は草庵を出た。

霊岸橋近くの自身番に顔を出すと、小太りで陰気な同心がいた。

南町奉行所の臨時廻《りんじまわ》り同心、塚本八兵衛《つかもとはちべえ》である。以前、塚本がかかわった事件に通春は遭遇《そうぐう》し、顔見知りとなった。通春が将軍家御家門、松平主計頭通春と知っているため、

「こ、これは……」

丁寧に頭をさげようとしたが、通春は目で黙っているよう告げた。塚本はあわてて口をつぐみ、

「何用でござるかな」

と、威厳をこめて野太い声を発した。

小上がりになった座敷には、町役人がふたり座していた。土間に茣蓙《ござ》が敷かれ、

牧野は座らされている。通春に気づいたが、目を見開いたものの口を開くことはなかった。

「ちょっと」

通春は塚本を、外に連れだした。

強い日差しを避けるため、ふたりは自身番の軒下に身を寄せた。それでも小太りの塚本は、顔と首筋から汗を滴《したた》らせ、手拭いで忙《せわ》しげに拭った。

「通春さま、いったい何事でございますか」

塚本は戸惑いを示した。

「煮売り酒場甚右衛門での、殺しの一件を探索しておるのだろう」

通春が問い返すと、

「お耳が早いですな、さすがは通春さま。ですが、探索はもう終わっております。下手人はあの浪人者……それが、なんと驚くなかれ、あの者はただいま噂の南郷家の……」

ここまで言ったところで、

「牧野甚右衛門、南郷家の家老だったのだろう」

通春が言うと、塚本は、よくご存じですな、と感心し、

「それで、殺された宇野と木村というふたりも南郷浪人。これはですよ、南郷家の埋蔵金、御家再興をめぐる争いに違いありません」

日頃、陰気な塚本が巷で流行《はや》っている南郷家埋蔵金、南郷四天王の話になると饒舌《じょうぜつ》になっている。それほどに、南郷家にまつわる噂話は人々の興味を引いているようだ。

それとも案外と塚本八兵衛は、根は陽気な男なのかもしれない。

「そう決めつけていいのか。決めつけて、探索を怠《おこた》っていいのか」

通春の非難めいた言葉にうなずきながらも、

「ごもっともですが、今回の一件は探索するまでもないのです。なにしろ本人が認めているのですから」

塚本は、格子窓の隙間《すきま》から自身番の中を覗いた。視線の先には、こちらに背を向けた牧野が端然《たんぜん》と座っている。ぴんと伸びた背中が、南郷家の家老であった矜持を示しているようだ。

「ほう」

通春は唸《うな》った。

それから、

「牧野殿と話がしてみたい」

するとと塚本は不思議そうな顔で、

「あの、通春さまがどうして、この事件に首を突っこまれるのですか」

「おれはな、甚右衛門の常連なのだ」

平然と通春が返すと、

「まさか…ご冗談を」

塚本は首を左右に振り、

「あんな安酒場、わしらだって行きませんよ。ましてや将軍さまの御家門の……あ、そうか。密命将軍・松平通春さま、将軍さまから南郷家の埋蔵金について探索の密命を受けたのでございますか……なるほど、そういうことですか」

と、ひとりで納得した。

通春は、そうだとも違うとも返事をしなかったが、塚本は独り合点をしたまま、

「どうぞ、なんなりとお話しください」

と、一転して歓迎した。

「申しておくが、おれは御家人の松田求馬で通っている。素性を明かしてはいかんぞ」

釘《くぎ》を刺してから、通春は自身番の中に入った。

牧野の前に立ち、

「牧野さん」

通春が声をかける。

どうしてここにいるのだと、牧野は戸惑いの目で通春を見あげた。

「美奈殿から聞いたんだよ。殺されたのは、宇野と木村なんだろう。追い払った手前、気になったんだ」

砕けた調子で語ることで、牧野の気をなごませようとした。

それでも、牧野は口を閉ざしている。御家人の松田求馬が事件にかかわることに、得心がいかないようだ。

「町奉行の大岡越前守殿とは知らない仲じゃないんで、ときに事件の探索を手伝うことがあるんだ。なにしろ、暇《ひま》な身だからね。加えて、野次馬根性の塊《かたまり》だから」

町奉行と御家人では身分差がありすぎて親しいとは思えないのだが、通春がまくしたてると、妙に説得力が生まれた。

牧野はうなずいてから、ちらっと塚本を見た。

「そうなんですよ。松田さまに助けていただいております」

塚本も話を合わせ、ようやく牧野は納得したようだ。

「牧野さん、宇野と木村を斬《き》ったそうなんだけど、本当かな」

ざっくばらんな通春の問いかけに、

「間違いござらぬ。わしが斬りました」

「なぜですか」

「松田殿にお話しいたしたように、あのふたりはしつこく埋蔵金について問いただしてきました。埋蔵金だの隠し金山だの、そんな絵空事を信じて、わしの暮らしを妨《さまた》げるふたりに腹が立ち、斬って捨てた次第です」

淀《よど》みなく牧野は打ち明けた。

「なるほど、ごもっともな話ですね……ふたりは本当に埋蔵金なんて信じていたんですか」

通春が疑問を投げかけると、

「そのようですな」

「拠《よ》りどころは……」

「単なる思いこみだと思います」

牧野はさらりと答えた。

「埋蔵金の話は置いておくとして、ふたりが斬られたときの様子を知りたいな」

通春は塚本に視線を転じた。

塚本が、調べ書きを持ってきた。通春が読む横で、解説を加える。

牧野がふたりを斬ったのは昨晩、夜九つのことだった。どうしても会いたいと言ってきた宇野と木村に、これが最後のつもりで、甚右衛門において会見の場を設けた。

昨晩もふたりは、しつこく埋蔵金の所在を問いかけてきた。

ない、と否定する牧野との間で、激しい口論となった。ついには、宇野が刀を抜いた。咄嗟《とっさ》に牧野は応戦、ふたりを斬殺に至ったのだった。

「斬ったのは、刀を抜かれたからには武士として応じなければならなかったからですが、加えてふたりを斬ることで埋蔵金、御家再興という絵空事を打ち砕こうと思いました。そんなものにすがることの愚を、南郷家の旧臣どもに伝えたかったのです」

静かに牧野は心情を語った。

「検死報告です」

塚本から報告を受け取り、通春は見入った。

ふたりとも、左脇腹から右肩にかけて斬りあげたような刀傷が残っていた。逆袈裟《けさ》に斬りあげられていたわけだ。ほかに外傷はなく、その一撃で倒された。

「相当な腕ですよ」

塚本は舌を巻いた。

「本当にすごいな」

通春も同意した。

馬廻り役にしては頼りない腕だと思ったふたりであったが、刀を抜いた以上、刃を交えるくらいはできたはずだ。

しかもふたりがかりとあれば、応戦しつつ斬殺に至るまで、相手にいくつもの手傷を負わせて当然なのに、まるで居合の一刀を浴びせたような死にざまである。

牧野はまさしく、「抜く手も見せず」一刀で斬り殺したのだろう。

「まこと、これはよほどの手練《てだ》れですよ」

塚本はしげしげと牧野を見直した。

牧野は無言である。

「牧野さん、これは南郷二刀流の技ですか」

通春は問いかけた。

「南郷二刀流、炎返《ほむらがえ》しでござる」

誇《ほこ》ることもなく、牧野は答えた。

「それは、どのような技なのかな」

通春は興味を抱いた。

「逆袈裟の一種ですな」

牧野は説明した。

大刀を左手で構える南郷二刀流ならではの必殺剣である。

右手の小太刀か脇差《わきざし》で敵の剣を防ぎ、すばやく懐《ふところ》に入ると、左の大刀を下段から斬りあげるのだという。

強靭《きょうじん》な左手と相手の動きを見切る眼力がともなわないとできぬ技だと、通春は思った。

宇野と木村の死にざま、証言からして、牧野の仕業に違いないようだ。

南郷二刀流、恐るべし……

牧野甚右衛門、無双《むそう》の剣客《けんかく》なり。

五

自身番を出ると、塚本が追いかけてきた。

「南郷浪人殺しの下手人、牧野甚右衛門で決まりでござりましょう」

塚本は念を押すように確かめた。

「ふたりの死にざまや、牧野さんの証言を合わせれば間違いないようだが……」

同意しつつも、通春の胸にはわだかまりがあり、どうにも納得できない。

「なにか疑念がございますか」

「動機だな」

ぽつりと通春は言った。

「それは、牧野が申しておりましたぞ。南郷家埋蔵金について、宇野と木村がしつこく言い寄ってきたからだと。また、宇野、木村ばかりか、南郷浪人の埋蔵金に対する希望を絶とうとした、ということではありませんか」

塚本は、筋は通っていると言い添えた。

「そうだが、そもそも、牧野さんは埋蔵金のことなど歯牙《しが》にもかけておらなかった。真面目に否定することもない絵空事だと受け取っていたのだ。わざわざ、殺すことはあるまい」

「ですから、話をするうちに、宇野が激高して刃傷沙汰《にんじょうざた》になったのだと申しておりましたぞ。刀を抜かれたからには、武士として抜かないわけにはいかない……わしも武士の端《はし》くれとして、牧野殿の気持ちはよくわかります」

説得するように塚本は言った。

「それでも動機については不満が残るが……そうだ、剣戟《けんげき》の様子も引っかかってきた。さきほどは牧野さんの語る南郷二刀流炎返しのすごさに魅了され、つい納得してしまったが、落ち着いてみると違和感がある」

通春が蒸し返すと、

「それこそ、まさしく牧野の仕業であると物語っているのではありませぬか」

塚本は不満顔で返した。

「南郷二刀流、炎返し、か」

通春は炎天《えんてん》を見あげた。

抜けるような青空に、白い雲が光っている。

「いかにも、南郷二刀流炎返し……すごい技ではございませぬか」

興奮のあまり、塚本の声が上ずった。

「いかにも剛剣だな」

通春は、炎返しがおこなわれるさまを心で思い描いた。

二刀流の修練も、左手で刀を握る稽古もしたことがない自分には、到底不可能な技だった。

「なにか問題でも」

塚本は首をひねる。

「検死報告では、牧野さんは脇差で南郷二刀流炎返しを使ったと記してあった」

「そこが二刀流のすごさですよ」

塚本は微塵も疑っていない。

「ところがだ、南郷二刀流の構えはな、大刀を左手、脇差は右手に持つのだ」

通春は、みずからの大刀と脇差を抜いて見せた。白刃《はくじん》が日輪《にちりん》を弾き、塚本の目を射る。塚本は手庇《てびさし》を作り、

「それで戦えるのですか」

と、みずからも大刀を左手で抜いた。右手には十手《じって》を掲げる。

「ええっと、こうやって」

左手の大刀を構えようとしたが、うまくいかない。

「牧野さんは、左手で脇差を使ったのだろう。甚右衛門に大刀は差していかなかった。話しあいの場に、剣は不要と考えたに違いない。脇差しか差していない牧野さんが、南郷二刀流炎返しを使った……おかしくはないか」

通春は疑問を投げかけた。

「お言葉ですが、大刀は差しておらず、脇差しか帯びていなかったのです。ですから、しかたなしに脇差を使った……なんらおかしくはないと存じますが」

言葉どおり、塚本はなんらの疑いも抱いていないようだった。

「脇差で応戦するのなら、わざわざ脇差を左手に持つことはない。南郷二刀流は右手で脇差ないしは小太刀を使っているのだから、普段どおりに脇差の技を使えばよい」

通春に指摘され、

「なるほど、そのとおりですな」

塚本は揺らいだ。

「おかしいと思わないか」

なおも通春は畳みかける。

「そうですな」

塚本は悩んだが、

「ですが、斬ったと牧野殿ご自身が認めておるのですから……」

と、普段の陰気な顔と物言いになった。

それでも思案を続ける通春に、

「通春さま、考えすぎでございますぞ。ですが、これで南郷家埋蔵金の噂は立ち消えとなりましょうな」

残念ですが、と塚本はつぶやいた。

なんとも大きな疑念が胸に渦巻《うずま》きながら、通春は帰宅しようと思ったが、その前に草庵を訪ねることにした。


「美奈殿……」

気さくに声をかける。

しかし、返事はない。

草庵の中に足を踏み入れると、誰もいない。どこへ行ったのだろう。

しばらく待ってみることにした。

ひょっとして、宇野と木村の仲間に連れ去られたのではないか。

そんな疑念と心配が胸をつく。

じりじりとしていたが、ここに居てもしかたがない。

草庵を出て、甚右衛門に向かった。


甚右衛門は、がらんとしていた。水で流された亡骸の流血が、黒い痕《あと》となって残っていた。

通春は不安を残したまま、自身番に戻った。牧野が、南町奉行所に移送されようとしていた。通春は塚本を呼び、

「牧野さんの娘、美奈殿が住まいにおらなかった。どこかへ出かけただけかもしれないが、事件のあとだけに心配だ」

「わかりました。安否を確かめ、必要とあれば探索に乗りだします」

塚本は約束した。

時は過ぎ、夕暮れが迫っていた。

六

丸太屋に戻ると、

「どこへ行っておられたのですか」

いつものように、藤馬が責めるような口調で言いたてた。

対して、コメはおとなしく寝ている。通春の苦悩をわかっているようだ。

「コメは賢《かしこ》いな」

コメの眠りを妨げないよう、通春はそっと腰をおろした。

それでも藤馬の気はおさまらないようで、

「どうなさったのですか。わたしは、通春さまをお守りしなければならないのですよ」

口を尖《とが》らせて、なおも文句を言いたててくる。

「まあ、よいではないか」

「通春さま、この藤馬を侮《あなど》ってはなりませぬぞ。わたしは、通春さまが南郷浪人殺しに興味を抱いた、と狙《ねら》いをつけたのです」

通春が飛びだしていったのを訝しみ、藤馬なりに南郷浪人殺しを探ったという。

「ほほう」

通春は藤馬を見直した。

「図星でござりましょう」

得意げに、藤馬は確かめた。

「それより、なにかわかったのか」

「南郷浪人ふたりは、宇野と木村といいます。ふたりを斬ったのは、煮売り酒場甚右衛門の亭主ですが、この亭主、じつは南郷家の家老牧野甚右衛門というのですから驚きです」

すべて知っているネタではあるが、それにしてもよく調べたものだった。

「よくわかったな。近所で聞きこみしたのか」

「しましたしね。それに、読売屋にも聞いたのですよ」

日頃から藤馬は、ちょくちょく読売屋を覗いているようだ。

「もちろん、わたしだけでは単なる客だけですから、たいした話は聞けないのですが、お珠ちゃんですよ、お珠ちゃん。読売屋の萬年屋《まんねんや》に、異常に顔が利くんですよ」

珍しく藤馬は、お珠を褒《ほ》めあげた。

丸太屋のお珠は耳聡《みみざと》くて有名、読売屋、萬年屋にもネタを提供してくれるそうだ。たいていは、大店《おおだな》の御主人や女将《おかみ》の醜聞《しゅうぶん》だそうだが、物見高い江戸っ子が好きそうなネタばかりだという。このため、お珠は萬年屋では重宝がられ、近頃では出す読売について助言もしている。

「で、萬年屋はですね、今回の南郷家埋蔵金騒動を先頭きって書きたてて、南郷家ネタでは、いちばん売れているのですよ」

藤馬の言葉に、

「萬年屋は、南郷家埋蔵金に入れあげているというわけだな」

通春はうなずいた。

「ですから、萬年屋は南郷浪人たちからもネタを仕入れようって、銭《ぜに》を使っていますよ」

「そこまでやるのは、読売が売れるからか。まさか、萬年屋も埋蔵金を掘りあてようと考えておるのではあるまい」

苦笑混じりに通春が確かめると、

「もちろん、埋蔵金目あてでも、読売のみが売れるのをあてこんだだけでもありませぬ……」

勿体をつけるように、藤馬は思わせぶりな笑みを浮かべた。通春は顔をしかめ、話の続きをうながす。

それではと、

「萬年屋は、読売だけではないのです……」

藤馬が肝心な点を語ろうとしたところで、

「通春さま〜」

鼻にかかった声とともに、お珠がやってきた。お珠は大きな風呂敷包みを持っている。興が乗ったところで話の腰を折られた藤馬は、舌打ちをした。

そんな藤馬に斟酌《しんしゃく》することなく、お珠は離れ座敷にあがるや、大きな風呂敷包みを広げた。手拭い、団扇《うちわ》、錦絵《にしきえ》、草双紙《くさぞうし》が包まれている。みな、南郷家埋蔵金に由来した商品だった。

草双紙には、南郷家が改易に至った物語、藩主盛泰と盛泰に反発し、妾腹《しょうふく》の弟盛定を擁《よう》する家臣勢力との争い、幕府の介入などが、室町《むろまち》時代を舞台に描かれていた。

手拭いと団扇には、南郷四天王がそろい踏みと、おのおのが別に描かれているものがあった。また、四天王に加えて、悲劇の姫として盛泰の愛妾、揚巻を描いた団扇、手拭いもある。

「あれ、揚巻の絵……」

藤馬は錦絵を取りあげた。

お珠と見比べ、

「これ、お珠ちゃんじゃないの」

「そうよ」

あっけらかんとお珠は答えた。

お珠は、南郷家関係の商品を販売するにあたって、萬年屋にいろいろと助言を加えているのだとか。それだけでなく、自分を手本にして錦絵も描かせているのだ。たしかに、適当に描いたところで、本物の揚巻の顔を知っている者など、ほとんどいないだろう。

「萬年屋、とことん儲《もう》けるねえ」

藤馬は呆《あき》れた。

「わたしもね、手伝っていて、なんだかのめりこんでしまったのよ。ほんと、すごい評判よ。でもね、やっぱり女には美里右京ね」

お珠は、美里右京を描いた錦絵と手拭いを手に取った。美剣士とはこのこと、前髪を残し、具足《ぐそく》に身を固めて真っ赤な陣羽織を重ねた凛々《りり》しさだ。

お珠はうっとりした顔で、錦絵に見入った。

「これじゃあ、萬年屋が南郷家の埋蔵金話に力を入れるはずだ」

呆れたように藤馬は言った。

七

明くる日、通春は寺の草庵を覗いた。

すると、意外にも美奈がいた。

「美奈殿、ご無事でよかったですぞ」

顔を見るなり、通春は声をかけた。

「ご心配をおかけしました」

美奈は深々とお辞儀をした。

聞きたいことは山ほどあるが、美奈の気持ちは、父を案ずる気持ちでいっぱいであろう。それでも、美奈は通春を板敷にあげ、冷たい麦湯を用意してくれた。

喉の渇きを癒《いや》してから、

「牧野殿は無実であると、おれは信じています」

通春は告げた。

「そうですか……」

生返事のような美奈の反応は、予想外だった。

顔を曇らせ、通春を見ようともしない。

感謝してほしいとは思わないが、少しは喜んでくれると期待した。父と娘、南郷家改易後に支えあって暮らしてきたのだ。煮売り酒場甚右衛門は、父と娘の結晶ではないか。暮らしを立てるためだけではあるまい。

美奈が料理を作り、掃除をした甚右衛門を、牧野が営む。父親と娘の気持ちがひとつとなった店だ。店ばかりではない。血を分けた父と娘には、太い絆《きずな》があるはずだ。その絆が、いま断ち切られようとしている。

その危機に際し、美奈はいかに対処しようとしているのか。いや、対処しようにも、美奈の立場ではどうしようもない。ただ、父が無事に帰るのを願うばかりだろう。

僭越《せんえつ》だが、美奈の力になろうという自分を、歓迎してくれると思っていた。

いや、美奈を責めるのは酷《こく》だ。きっと美奈は絶望しているのだろう。町奉行所に連れ去られ、牧野自身が宇野と木村殺しを認めているのだ。

南郷家の元家老とはいえ、いまは一介の浪人である。町奉行所の裁きを受け、死罪を言いわたされるだろう。武士らしく切腹も許されない。打ち首という屈辱《くつじょく》にまみれた最期《さいご》を遂《と》げるかもしれない。

そのことを受け入れ、美奈はいっさいの望みを失ってしまったのではないか。

「美奈殿、お気をたしかに持たれよ」

つい安易な言葉をかけてしまい、通春は唇を噛んだ。美奈はうつむいていたが、やがて顔をあげ、

「父は死を望んでいるのです。父の覚悟を妨げてはならないと存じます。ですから、松田さま、どうか、このままそっとしておいてください」

美奈は深々と首を垂れた。

「美奈殿も覚悟なされたのですな。では、おれがこれ以上、立ち入るのは不遜《ふそん》だ。このまま手を引く。だが、往生際が悪くてすまぬが、聞かせてほしい」

通春は静かに告げた。

美奈は黙っている。しかし、視線を通春に預けているからには、答えようとし

ているのだろう。

「美奈殿は宇野と木村殺しが、まことに牧野殿の仕業と思われるか」

通春の問いかけに、

「父のおこないだと思います」

微塵の動揺も示さず、美奈は答えた。

「それは、ふたりの死にざまが、南郷二刀流炎返しによるものだからですか」

「わたくしは剣術のことはわかりません。おふた方のご最期の様子も知りませぬ。さきほど申しましたように、わたくしは、父が自分の仕業だと証言したことを信じておるのです。父は偽《いつわ》りを申しませぬ」

毅然と美奈は返した。

その迷いのない態度に、ふと通春のなかで真相が閃《ひらめ》いた。

だが、そのことに触れる前に、

「昨日、おれが出ていってから、どこへ行かれた」

美奈の目が、わずかに彷徨《さまよ》った。

「ちょっと、知りあいのところに出かけておりました」

少しだけ、美奈が早口になる。

「知りあいとは……」

「それは、今回の一件とはかかわりのない方ですので、お名前を申しあげることはできませぬ」

「格之進……牧野格之進殿、つまり、兄上を訪ねたのではないのか」

通春は詰問《きつもん》口調になった。

「いいえ」

強い口調で、美奈は否定する。

かまわず、通春は続けた。

「南郷二刀流炎返し……牧野殿のほか、もうひとり使い手がおった。ほかならぬ牧野殿の一子、格之進。しかも、牧野殿によると、格之進の腕は牧野殿を凌駕《りょうが》するとか。宇野と木村を斬殺したのは、格之進……それに気づいた牧野殿は息子をかばい、自分が罪を被った……そうだね」

美奈は答えない。

酷とは思ったが、通春は美奈に回答を迫った。

やがて、

「……わかりません」

虚脱《きょだつ》したように美奈はつぶやいた。

「わからないとは、どういうことかな」

もし美奈に、少しでも躊躇《ためら》いが残っているのならば、格之進の所在を聞きだし、事実を確かめたい。

すると美奈は半身を乗りだし、

「わたくし、伊吹正二郎さまを訪ねたのです」

伊吹正二郎……。

どこかで聞いたような。

訝しむ通春に、

「南郷家の遺臣《いしん》です。巷では、南郷四天王のおひとりに数えられております」

美奈が説明を加えた。

お珠が持ってきた読売と錦絵を思いだした。そうだ、伊吹正二郎は、軍師であった。

「伊吹先生は、芝《しば》の三島町《みしまちょう》で私塾《しじゅく》を営んでおられます。兄はときおり私塾で講義を受け、回国修行の旅に出てからは、父と伊吹さまに文を送っておったのです。

わたくしは、父はひょっとして兄をかばっているのでは、と思いました。兄は宇野さま、木村さまを馬廻り役のくせに武芸の修練を怠っていると嫌っておりました。また、金に汚い奴らだとも嘲《あざけ》っていたのです。また、伊吹さまも同様に、宇野さまと木村さまを蔑《さげす》んでおられました。おふた方は、伊吹さまの私塾にも埋蔵金のことで押しかけていたそうです」

美奈は格之進がひそかに江戸に戻ってきて、伊吹を訪ねて宇野と木村の行状を聞き、ふたりを斬ったのでは、と思って伊吹を訪ねたのだった。

「伊吹さまは、兄は訪ねてはこなかった、とおっしゃいました」

それでも、牧野は格之進の仕業だと信じ、かばうため死を覚悟している。格之進が伊吹を訪ねていなかったとしても、宇野、木村殺しは、格之進の仕業の可能性が高いと美奈も考えているようだ。

なにより、父の気持ちを尊重すべきと、美奈も覚悟を決めたのだった。

父と娘の気持ちを踏みにじるわけにはいかない。

「おつらい話、よくぞお聞かせくださった」

通春は礼を言った。

草庵を出た通春は、その足で南町奉行所にやってきた。手には、風呂敷包みを抱えている。

塚本八兵衛の案内で、牧野が入れられている仮牢《かりろう》に向かう。罪人は仮牢で町奉行所の取り調べを受けてのちに、小伝馬町《こでんまちよう》の牢屋敷に送られる。

塚本は錠《じよう》を外し、牧野を出した。

仮牢に隣接した板敷で、通春は牧野と対面した。塚本が立ちあったが、ふたりに遠慮して距離を置いている。

「美奈殿に会ってきました。美奈殿も覚悟を決めておられます」

通春は言った。

「かたじけない」

牧野は一礼した。

「ここだけの話です。牧野さんは格之進さんをかばっているね」

ずばり問いただすと、

「お見通しですな」

牧野はすんなりと認めた。

「まこと、格之進さんは江戸に帰ってきたのかな。伊吹さんは会っていないそうだが……」

美奈が、伊吹正二郎を訪ねた経緯を語った。

「南郷二刀流炎返しを使えるのは、わしと格之進以外おりませぬ。それに、格之進には、宇野と木村を斬る動機がある」

牧野は、格之進の仕業と確信しているようだ。

異をとなえることなく、通春は小さくうなずいた。すると牧野が、苦笑いを浮かべた。どうしたのだと目で聞くと、

「格之進め、よほど逸《はや》っておったのか、わずかに太刀筋がずれておった」

牧野は宇野と木村と話しあいの決着をつけようと、甚右衛門に向かった。が、着いたときには、ふたりは斬殺されていた。傷口を調べ、南郷二刀流炎返しが使われたとわかり、格之進の仕業だと確信した。

ところが、正確無比を誇った格之進の太刀筋が、ほんのわずか、一寸とない幅、右にずれていたそうだ。

「格之進も長年、嫌悪《けんお》しておるふたり相手とあって、気持ちを制御できず、力が入りすぎたのだろう。もっとも、太刀筋のずれは、わしにしかわからぬほどだが……まだまだ修行が足りぬな」

息子を案ずるように、牧野は虚空《こくう》を見つめた。

死を覚悟した武士を惑わせてはならない。

冥途《めいど》への旅を、黙って見送るべきだ。

ただ、牧野甚右衛門には武士らしく、武士として死んでもらいたい。

「牧野さん、美奈殿からの差し入れでござる」

通春は風呂敷を広げた。

真新しい下帯《したおび》と、死に装束が現れた。格子《こうし》から差しこむ日輪が、死に装束を真っ白に輝かせた。迷いない牧野の心情を映しているようだ。

「それから、これを受け取っていただきたい」

通春は、自分の脇差を牧野の前に置いた。

「頂戴《ちょうだい》つかまつる」

牧野は、両手で押しいただくようにして受け取った。

次いで、

「これは……」

鞘《さや》に視線を落とし、驚きの表情となった。黒漆《くろうるし》の鞘には、金泥《きんでい》で三つ葉葵《ばあおい》の御紋《ごもん》が描かれている。

牧野は塚本を見た。

塚本は陰気な顔で、

「こちら、将軍家御家門、松平主計頭通春さまにあられます」

と、告げた。

「これは、ご無礼申しあげました」

畏《かしこ》まって牧野は両手をついた。

「よしてくれ。おれは物好きでお節介な、御家人松田求馬だ。そして、煮売り酒場甚右衛門の常連さ」

通春は腰をあげた。

「ありがとうございます」

牧野は晴れやかな顔で礼を言った。


明くる日の夕刻、丸太屋の離れ座敷に、塚本から報《しら》せが届いた。

未明、仮牢で牧野が切腹して果てているのが発見されたという。亡骸は、美奈が引き取るのを許されたそうだ。

武士らしい死にざまが、せめてもの手向《たむ》けとなったようだ。

通春は直しを飲んだ。

冥途に旅立った牧野甚右衛門の冥福《めいふく》を祈り、黙って茶碗に入った直しを飲む。

「通春さま、直しとは珍しいものをお飲みになりますな。いけるのですか」

藤馬が問いかけてきた。

「おまえも飲んでみろ」

通春が勧めると藤馬は珍しく遠慮し、湯屋に行ってきますと出ていった。ひとり物思いに耽《ふけ》る通春を、気遣ってくれたのかもしれない。

コメが、そっと通春の横に来た。

寂しそうな主人を慰《なぐさ》めてくれるようだ。

「ありがとうな」

通春はコメの頭を撫でた。

直しを飲みながら、牧野との昨日の対面を思い浮かべる。

死を前にした牧野は美しく、一点の迷いもなかった……。

いや、ひとつ気にかけていたことがあった。

格之進の太刀筋だ。

ほんの少し、ずれていたそうだ。気持ちの高ぶりが誤らせた、と牧野は言っていたが……。

牧野格之進は、本当に江戸に戻ってきたのだろうか。

南郷家の埋蔵金騒動、遺臣たちとのかかわりが、いっそう深くなる予感を、通春は抱いていた。

第三話　軍師の首

一

牧野甚右衛門が自刃《じじん》して以来、松平通春は心に風穴が開いたような寂しさを感じながら残暑の日々を過ごしている。

文月十日の昼さがり、相変わらずの炎暑《えんしょ》のなか、丸太屋に有馬氏倫がやってきた。

「これは、有馬さま、しばらくです」

藤馬が愛想よく迎えた。

有馬は従者に、弁当と酒を持参させている。通春を労《ねぎら》おうと、

「通春さま、心ばかりの品々です」

恩着せがましく有馬は言ったが、

「ここは、料理屋の座敷ではないぞ。自分が飲み食いしたいのだろう」

通春に図星を射抜かれた。

将軍徳川吉宗は質素倹約《けんやく》を旨《むね》とした暮らしぶりだ。酒は三合まで、食膳《しょくぜん》は一汁三菜と決めている。城中では味わえない酒と料理を楽しもうという魂胆《こんたん》が、有馬にはある。

それはともかく、せっかくの料理と酒を、通春も楽しんだ。食事が一段落して、

「ところで……」

有馬はあらたまったような態度となった。

藤馬は身構えたが、通春はというと、有馬の意気込みとは裏腹に、コメにほぐした鯛《たい》の身をやっている。コメは目を細めて、にゃあ、と鳴いた。

文句を言うわけにもいかず、有馬は小さく唸《うな》ると話を続けた。

「通春さまもご存じのごとく、南郷家の埋蔵金《まいぞうきん》についてです」

有馬の言葉に、藤馬は待ってましたとばかりに両目を大きく見開いた。暑苦しい顔が際立つ。対して通春は、興味なさそうにあくびを漏《も》らす。

「読売は好き勝手に書いておりますが、じつは馬鹿にできない事態となっておるのです」

　通春の危機感を煽《あお》りたてようとしているのか、有馬はぎょろ目を何度もしばたたかせた。

　だが、それも通春には効き目はなく、

「そうか……」

　相変わらず生返事だ。

　対照的に、

「興味深いですね。どのような事態ですか」

　藤馬は興味津々だ。

　気をよくした有馬は藤馬に向き、

「南郷四天王が、いよいよ江戸で蠢動《しゅんどう》をはじめたのだ」

と、南郷四天王の名前をあげようとした。すると、

「ちょっと待ってくださいよ」

　藤馬は座敷の隅にある文机《ふづくえ》から、四人の錦絵《にしきえ》を持ってきた。

　四枚を畳に並べ、

「美剣士の美里右京、孤高《ここう》の武芸者・角野大吾、忍びの頭領《とうりょう》である鬼頭三右衛門、軍師伊吹正二郎……この四人ですね」

と、有馬を見た。

有馬は錦絵を見まわし軽くうなずく。

ここに至って、ようやく通春が関心を向け、

「この四人、まことに実在するのか」

と、有馬に問いかけた。

「こうして錦絵に描かれてみれば、まるで草双紙《くさぞうし》のなかにしかおらぬ絵空事のようですが、四人はちゃんと実在しております」

藤馬が口出しをしようとしたが通春に睨《にら》まれ、黙りこんだ。

「勿体《もったい》をつけず、話の続きをしろ」

通春が有馬をうながした。

有馬は頭をひょこっとさげてから、

「四天王が動きだしたのは、自害した南郷家家老・牧野甚右衛門の息子、格之進が江戸に戻ってきたのが、きっかけのようです。格之進は江戸に舞い戻り、南郷家の旧臣を集めております」

「宇野と木村のふたりを斬《き》ったのは、牧野甚右衛門で間違いないな」

念のために確認したものの、公儀御庭番を統括《とうかつ》する有馬ならば、宇野と木村を

斬ったのは、牧野甚右衛門ではなく格之進だと疑っているかもしれない。

果たして、

「牧野自身が認め、自刃して果てたのですから、牧野の仕業かと思えるのですが……ひょっとしたら、牧野格之進の仕業ではないか、とも考えられます。なにしろ、格之進は父に勝《まさ》る南郷二刀流の遣《つか》い手《て》と評判ですし、江戸に戻ってきたとなれば、ますます怪しい。牧野は息子をかばった、とは十分にありえます」

ぎょろ目をむき、有馬は推論を展開した。

有馬の推測は、的《まと》を射ている。御庭番が、南郷家埋蔵金や南郷浪人の動きを探っているのだろう。

「では、格之進がふたりを斬ったとすると、南郷浪人の間で諍《いさか》いが生じているかもな」

「埋蔵金をめぐる争いでしょう」

「その埋蔵金とやらは、本当にあるのだな」

通春が念押しをすると、藤馬が眦《まなじり》を決した。暑苦しい顔がいっそう際立ち、濡《ぬ》れ縁《えん》の日陰で寝そべっていたコメが顔をあげて睨んだ。

「絵空事ではないと思えますな……おそらくは、たぶん……ええ、きっと」

有馬の物言いは、曖昧《あいまい》になっていった。

「なんだ、奥歯にものがはさまったような言い方をして。はっきりと申せ」

通春は苛立《いらだ》った。

「まあ、探りが進めば、いずれそのうちに、はっきりとしましょう」

のらりくらりと有馬は続け、

「そろそろのはずだが……」

妙な独り言を口に出し、やおら立ちあがった。

裏木戸に向かって、

「こっちじゃ」

と、声をかける。

小柄で貧相な男が、木戸から入ってきた。

この暑いのに黒の十徳《じっとく》を着て、頭を丸めている。一見して医者のようだ。実際、手には薬箱を提《さ》げていた。

「あがれ」

有馬は声をかけてから通春を見て、

「よろしいですね」

と事後承諾を取った。通春は黙っていた。

男は階《きざはし》をあがり、濡れ縁に至ったところでコメが爪《つめ》を立て、男に激しく鳴きかかった。藤馬がコメを宥《なだ》めようと濡れ縁におりて抱きかけたが、コメに爪で右指を引っかかれてしまった。

コメの態度に、歓迎されざる客と感じたか、男は濡れ縁に控えつつ、

「鬼頭香庵《こうあん》と申します」

と、両手をついた。

「鬼頭……」

指の引っかき傷を眺《なが》めながら、藤馬が錦絵に視線を移した。有馬が、にやりとして、

「そうです。南郷四天王のひとり、鬼頭三右衛門ですぞ」

と、通春に紹介した。

鬼頭三右衛門、南郷四天王のひとり……忍者を束ねる者として、錦絵に描かれている。錦絵では忍者装束に身を包み、忍者刀を手にして、鋭い眼光ではあるが、目の前の鬼頭は丸まった頭のせいで、町医者……貧相な容貌《ようぼう》からして、まるで藪《やぶ》医者といった風だ。

歳のころは四十前後か。

「まことに、鬼頭殿は忍びですか」

錦絵との落差を感じたのか、藤馬が問いかけた。

「さようです」

鬼頭は静かに答えた。

細い目が糸のようになった。

藤馬が疑念を抱いたのも無理はない。それほど、忍者とはほど遠い凡庸《ぼんよう》さを鬼頭は漂わせていた。忍びの頭領であるだけに、わざとそのように見せかけているのかもしれないが、どうにもこれが素のように思えてならない。

なおも藤馬の疑わしそうな態度に、

「さては、お疑いのようですな」

あくまで穏やかに、鬼頭は問い直した。

「忍びの術を会得《えとく》しておられるのですな」

藤馬が念を押した。

「むろんのこと。わしは伊賀流《いがりゅう》、甲賀流《こうがりゅう》をおさめておる」

自信たっぷりに鬼頭は答えた。

そこで、コメが鳴きたてる。まるで、嘘《うそ》を吐くなと抗議《こうぎ》しているようだ。

「それで、有馬さん、この忍者殿を呼んだのは、どういうわけなのかな」

通春が問いかけた。

「鬼頭が南郷浪人の不穏《ふおん》な動きを探索し、その企てを潰《つぶ》すのに、手助けをしてくれます」

「ほう、もとは南郷家のおぬしが、公儀側に手を貸すのか……なぜだ」

「じつは鬼頭は、公儀御庭番なのです。いや、正確に申せば、非公式の御庭番ですな」

有馬は言った。

御庭番は徳川吉宗が紀州《きしゅう》藩主であったころ、玉込め役を担っていた家筋の者を連れてきて形成された。よって御庭番には、その家筋以外の者はなれない。ところが、諜報《ちようほう》活動というものは、表の組織のみが担うわけではない。状況に応じて、利用できる者を雇うのだろう。

御庭番を統括するのは、御側御用取次たる有馬の役目だ。有馬は鬼頭の腕を買っているようだ。

「鬼頭は、南郷浪人の動きを探っております」

宇野と木村を殺したのは格之進ではないか、と有馬が推測した根拠がはっきりした。

「南郷浪人は、不穏な企てをしておるというのか」

通春は鬼頭に聞いた。

「みな、平穏に暮らしておったのです。それが、埋蔵金の話が浮上しておかしくなりました」

「欲が出たわけだね」

藤馬が訳知り顔になる。

「金に目が眩《くら》むとは、情けない」

鬼頭は嘆《なげ》いた。

「ということは、やはり埋蔵金は本当の話なのですね」

興味津々の藤馬に向かって、鬼頭は真剣な顔つきとなり、

「……あるといえばありますが」

曖昧な物言いとなった。

「はっきり申してくれ」

通春が苛立ちを示す。

鬼頭は、有馬を見た。

「お話しせよ。通春さまには、隠しだては無用じゃ」

有馬にうながされ、鬼頭はひとつうなずいた。

「埋蔵金の話は、わしがばらまいたのです」

「本当ですか」

首をひねった藤馬に、

「嘘ではない。御家が改易《かいえき》となり、家中は大混乱に陥《おちい》った。牧野さまとわしは、南郷家中の者を鎮《しず》めるために、埋蔵金話を作りあげたのです。その埋蔵金があれば、いつか御家再興がなるのだと希望を持たせたのですよ」

この鬼頭の話に、

「なるほど」

納得したように藤馬は膝《ひざ》を叩《たた》いた。

「それがいまごろになって、話が蒸し返されているのはどういうわけだ」

通春が問いかけた。

「ことさら埋蔵金のことを、言いたてている者がおるのです。彼らは南郷浪人による御家再興を過激化させ、大きな騒ぎを起こそうとしております」

「それは、大変だがや」

名古屋訛《なま》りを混じえ、藤馬は言いたてた。

「まだ、そうなるとはかぎらんだろう」

通春が鼻白むと、

「あ、そうか」

藤馬は頭を掻《か》く。

二

「埋蔵金を掘りあてようと、南郷浪人どもを結集し、江戸市中で大がかりな打ち壊しをおこなう所存です。その首謀者《しゅぼうしゃ》とは、牧野格之進……御家老・牧野甚右衛門の一子でござる」

鬼頭は断じた。

「すると、牧野格之進は南郷浪人を糾合《きゅうごう》し、江戸で乱暴狼藉《ろうぜき》を働きたいのだな。乱暴狼藉を働いたのちは、どうするのだ」

通春は問いかけた。

「金を奪い、逃亡するつもりでしょう。南郷家埋蔵金が信じられているかぎり、南郷浪人たちは平穏に暮らせません。御家再興など夢のまた夢ですのに……ここはなんとしても、牧野格之進らを一網打尽《いちもうだじん》にしたいのですよ」

熱をこめ、鬼頭は語った。

貧相な容貌とは裏腹の頼もしさを感じさせ、藤馬などは、

「いやあ、ほんと、おっしゃるとおりですわ」

と、鬼頭を見直した。

「それで、おれにどうせよと」

通春が見やると、有馬は殊勝《しゆしよう》な顔で、

「近々、鬼頭が埋蔵金を餌《えさ》に、南郷浪人の過激な者たちを集めます。鬼頭とともにそこへ赴《おもむ》き、みなを説得してもらいたいのです」

「それはかまわぬが……本当に南郷浪人が集まるのだな」

通春は、今度は鬼頭に視線を向けた。

「わしのほうからも、南郷浪人の中心である格之進に、みなを集めよ、と連絡を取ります」

「格之進と連絡が取れるのか」

「格之進と親しい者に、埋蔵金の所在を教えると持ちかけておりますゆえ。証拠として、埋蔵金の一部だという金塊《きんかい》を持参いたすつもりです」

「その金塊は、公儀の金蔵から持ちだすのか」

通春は有馬を見た。

「それはできませぬ。金蔵の金には、すべて葵《あおい》の御紋《ごもん》が刻印されておりますからな」

もっともな理由をつけ、有馬は断った。

「すると、肝心の金塊をどうする。いくら見せかけといっても、木に金の紙を貼って胡麻化《ごまか》すことはできぬぞ」

通春の言葉に藤馬もうなずく。

「そんな小手先のことはいたしませぬ。もっと、ちゃんとした備えでございます」

鬼頭は立ちあがった。

失礼します、と頭をさげてから濡れ縁に立った。昼九つの鐘《かね》の音が聞こえた。

すると、裏木戸から男がやってきた。

近江屋源兵衛である。

先月かかわった妖怪《ようかい》屋敷の家主、近江屋源兵衛は、奉公人をひとり従えていた。奉公人は挟箱《はさみばこ》を担いでいる。

「通春さま、しばらくでございます」

源兵衛は挨拶《あいさつ》をした。

通春も濡れ縁に出た。挟箱が通春の前に置かれ、鬼頭が蓋《ふた》を取る。

日輪《にちりん》に金色《こんじき》の輝きが放たれた。

金の延《の》べ棒《ぼう》が五つ、入っている。それぞれに南郷家の刻印がなされていた。

「これは、すげえがや！」

生唾《なまつば》を呑《の》み、藤馬が驚きの声をあげた。

「この金塊、南郷家のものなのか」

通春が源兵衛に問いかける。

「手前どもは、南郷さまの藩札を引き受けておりました。その際、これを担保《たんぽ》として預からせていただいたのです」

金子《きんす》にして五百両ほどになるという。もちろん、これで発行した藩札の回収になったわけではないが、源兵衛は南郷家にはお世話になったからと、所有し続けているのだとか。

「これは、餌にはなりますよ」

金塊に目が眩んだように、藤馬は確信めいた物言いをした。

「埋蔵金は読売によれば、一万両にもなるというではないか」

通春の問いかけに、

「さようにございます」

鬼頭は肯定《こうてい》した。

ここで、通春が腕を組んで訝《いぶか》しんだ。

「妙だな」

「なにか……」

「鬼頭さん、あなたや牧野さんが埋蔵金をでっちあげ、それを旧臣たちは信じた。格之進は、牧野さんの息子。そんな格之進までもが埋蔵金を信じたということは、よほどの根拠があったはず。そう考えると、ひょっとして隠し金山は、本当に実在しているのではないのか。有馬さんは、隠し金山を探しあてようとして、鬼頭さんを雇ったのではないのかな」

通春の推論と問いかけに、藤馬は、

「ごもっともです」

などと調子よく賛同した。

鬼頭が、通春の視線を正面から受け止めて答えた。

「いえ、隠し金山などございませぬ。所詮《しょせん》は噂《うわさ》でしかありません。では、どうしてそんな眉唾《まゆつば》めいた伝説が、語り継がれてきたのかと申しますと……地震に起因《きいん》いたします」

「地震……」

「応仁《おうにん》のころでした」

鬼頭が言うと、

「応仁というと……」

反射的に、藤馬は疑問を呈した。

「いまからざっと、二百五、六十年前ですぞ」

鬼頭から教えられ、藤馬はその年数を頭の中で咀嚼《そしゃく》した。

「南郷家は、奥羽《おうう》の地に根差した国人領主でした。先祖は、平将門《たいらのまさかど》を討伐《とうばつ》した俵藤太《たわらとうた》こと藤原秀郷《ふじわらのひでさと》にたどり着きます。平安《へいあん》の御代《みよ》のころには、奥州の覇者《はしゃ》であった平泉《ひらいずみ》藤原家の下《もと》で、領国を治《おさ》めておりました」

奥州藤原氏のころ、奥羽各地では金が採掘《さいくつ》できた。その金によって、奥州藤原氏は平泉に絢爛《けんらん》たる文化を築き、奥羽、出羽《でわ》を支配した。南郷家も、採掘した金を蓄積《ちくせき》していた。

「ところが、時代がくだり、足利《あしかが》の世となっていた応仁元年（一四六七）、奥州の地を、大きな地震が襲ったのです」

当時、南郷家の本拠《ほんきょ》は屋形《やかた》で、奥羽山脈の近くという内陸であったため、津波はまぬがれた。

しかし、

「……山津波です」

山が崩れ、屋敷と村が、丸ごと土砂に埋もれてしまった。

「このとき、屋形に蓄《たくわ》えてあった金も、土砂に埋もれてしまったのだ、と南郷家では語り継がれてきたのです」

鬼頭は語った。

「では、掘り起こせばいいではありませぬか」

藤馬にしては、まっとうな疑問を投げかけた。鬼頭はうなずき、

「むろん、何度も掘り起こされてきました。しかし、村ごと土砂に埋もれてしまったとあって、掘ることは容易でなく、やがて奥羽も戦乱の世となり、南郷家も

本拠を移して戦《いくさ》に明け暮れ、さらにはその後も、地震や嵐が襲来し、旧屋形の所在地すらわからなくなってしまったのです。埋蔵金の話はうやむやになったのですが、そうなると、噂というものがひとり歩きするようになる。埋蔵金の所在地は代々、南郷家を支える家老と、忍びの頭領にのみ伝えられている、と」

「南郷家の当主ではないのですか」

またも藤馬は、もっともな疑問を問いかけた。

すると、鬼頭は渋面《じゅうめん》を作った。

「それが……これは主人を悪《あ》しざまに申すことになるので、公言はしていただきたくはないのですが」

と、釘《くぎ》を刺した。

「もちろんです。我ら口が堅いことで、知られておりますから」

藤馬が請《う》けあった。

それでは、と鬼頭は続けた。

「南郷家は、奇《く》しき因縁《いんねん》がございます。というのは、累代《るいだい》の当主は、時に奇人が産まれるのです」

奇人、つまり、奇妙奇天烈な言動をする当主が、ときおり現れるのだとか。

鷹狩《たかが》りに事寄せて領民を獲物に見立てて殺したり、城下を焼いた残忍《ざんにん》な当主もいれば、異常なまでに女に耽溺《たんでき》する者もいた。領内と言わず、目についた美女を攫《さら》わせるための役目も、任命したそうだ。

また、同じ様に博打《ばくち》好きの当主もいた。

「領内の村長《むらおさ》どもを集めて博打をおこない、その勝敗によって、年貢《ねんぐ》を治《おさ》めさせる村を決められたとか……」

このため、いつのころからか、当主自身が遺言《ゆいごん》により、埋蔵金の所在を家老とそれを守る忍びの頭領にのみ受け継がせることにした。

「もっともらしい話ですな」

「噂というものは、そうしたものです。時が経つにつれ、尾鰭《おひれ》がつき、それに希望、夢、野心が塗《ぬ》り重ねられるのです」

鬼頭の言葉に、

「なるほど、もっともですな」

藤馬はすっかり感心した。

「南郷四天王はいつしか、埋蔵金を守る者たちだと、勝手に決めこまれるようになった。だが、わたし以外の三人は、埋蔵金の所在はもちろんのこと、実在せぬことすら知らぬのですから、なんとも滑稽《こっけい》な話です」

鬼頭は失笑した。

「考えてみれば、哀れですね」

感慨深そうに、藤馬は腕を組んだ。

「そんな妄想《もうそう》は、終わりとしなければなりません。そうでないとこの先、話はもっと大きくなりましょう。御公儀への叛旗《はんき》にもつながりかねません」

鬼頭が示した危惧《きぐ》に、ここぞとばかりに有馬が言いたてた。

「ですから、通春さま。ここは、大乱の芽をつむということで、お手助けをお願いいたします」

「……承知した」

きっぱりと通春は受け入れた。

「それでは、後刻、時と場所をお報《しら》せいたします」

立ちあがった鬼頭に向かって、

「いつでもいいですよ」

藤馬も勇《いさ》んでみせた。

三

有馬と鬼頭が帰り、藤馬が使いに出た昼さがり、通春は霊岸橋の袂《たもと》にある煮売り酒場甚右衛門に顔を出した。牧野の死後、美奈が営《いとな》んでいるのだ。

牧野がやっていたころとは違い、美奈が切り盛りしているとあって、明るく華やいだ空気が流れている。

開店は夕刻ではなく昼前で、夜の帳《とばり》がおりると暖簾《のれん》が取りこまれる。従って、酒よりも料理主体の店造りとなっていた。甚右衛門は煮売り酒場というより小料理屋に様変わりし、客のなかには、屋号も美奈にしては、と勧める者もいる。

しかし、美奈は父の名のついた店名を変える気はないようだ。

台には美奈お手製の料理が盛られた大皿が並べられ、米櫃《こめびつ》も置いてあった。夕暮れ近くなると甕《かめ》に入った酒も出されるが、牧野のころのどぶろくではない。

このあたりは、新川の酒屋が近い。新川の酒屋は、関東地廻りの酒を扱っている。上方の下《くだ》り酒《ざけ》に比べれば味は落ちると評判だが、安いのが庶民にはありがたい。甚右衛門が出すのにふさわしい、と美奈は仕入れているのだった。

父に先立たれ、ひとりで切り盛りする美奈のけなげさ、さらには美貌《びぼう》に引かれ、牧野のころには見られなかった大勢の常連……もちろん男ばかりだが、が押しかけて、なかなかの繁盛ぶりだ。

「いらっしゃいませ」

明るい声とともに通春は迎えられた。

武家娘の形式ばった様子はなりをひそめ、いかにも小料理屋の女将《おかみ》らしい明るい声音《こわね》だ。

夕暮れには早いが、仕事を終えた職人や行商人が半分ほど席を占《し》めている。客筋もよくなっていた。ひとりちびちびと飲む陰気な雰囲気は一掃《いっそう》され、賑《にぎ》やかな店内だが、むしろ通春は寂しい気もする。

が、美奈に牧野のころの店を求めるのは身勝手だし、無理だ。

通春は台の前に立った。

「松田さま、ありがとうございます」

礼を言いながら、美奈は柄杓《ひしゃく》で五郎八茶碗《ぢゃわん》に酒を注《つ》いだ。

大皿料理のうち、里芋《さといも》の煮付を選ぶと、美奈は笑顔で小皿に盛りつけてくれた。

酒はちろりで燗《かん》もつけられるのだが、残暑厳しいとあって冷やのほうがいい。

板敷に座り、料理と酒を楽しむ。

明かり取りの窓から、百日紅《さるすべり》の花が見えた。夜に来ていたころは、気づかなかった。そう言えば、店の隅《すみ》には朝顔《あさがお》の鉢植えが置かれていた。酔った若い職人たちは美奈を口説こうと話しかけ、それを美奈はうまくいなしている。

気分よく飲んでいると、鬼頭が入ってきた。丸めた頭が陽光を受け、眩《まぶ》しい輝きを放つ。黒の十徳が、いかにも暑そうだ。

美奈は一瞬、顔を強張《こわば》らせたが、他の客と変わりなく明るい声で、

「いらっしゃいませ」

と迎えた。

鬼頭は通春を見つけ、

「同席、よろしいですかな」

と、断りを入れてから、通春の前に座った。横に薬箱を置く。この中には、五百両相当の金の延べ棒が入れてある。

「このたびは、通春さまがお味方くださり、千人力を得た思いです」

殊勝に鬼頭は言った。

「この店にはよく来るのですかな」

通春が尋ねると、

「牧野殿の生前、二度か三度、来ましたな。牧野殿はあまりいい顔をなさいませんでしたので、あまり訪れぬようにしておりました」

鬼頭は答えた。

「やってきたのは、酒が飲みたいだけではないだろう」

通春は、ちらっと美奈を見た。

鬼頭は黙っている。

「牧野格之進が姿を現したのか、それを確かめたいのではないか」

「むろん、それが目的です。さきほども申しましたが、格之進殿は南郷浪人の中心となる人物ですからな」

隠さず、鬼頭は述べたてた。

「格之進という男、それほど優《すぐ》れた遣い手であったのか」

南郷浪人の宇野と木村を斬ったのは、牧野ではなく格之進かもしれない。であれば、周囲にも知られるほどの相当な腕なのであろう。

「それはもう、南郷家中では、ずば抜けておりましたな。お父上をも凌《しの》ぐ、と評判する者もおりました。回国修行をなさったとのこと、さらに腕を磨《みが》かれたと思います。南郷家中の人望も厚かったですから、南郷浪人を束ねるにふさわしい御仁《ごじん》です。それだけに厄介ですがな……」

目を凝《こ》らし、鬼頭は格之進の存在を危《あや》ぶんだ。

「手強い男ですな」

通春は酒を飲んだ。

「まさしく……」

鬼頭は憂《うれ》いを示すように言った。

すると、戸口からふたりの男が入ってきた。どちらも月代《さかやき》が伸びているし、服も薄汚れていることから、浪人と察せられた。

そろって中肉中背、ひとりは丸顔で団子鼻《だんごっぱな》、鼻の横には大きな黒子《ほくろ》がある。そのため、茫洋《ぼうよう》として見えた。もうひとりは顎《あご》が突き出ているため、三日月のような面差《おもざ》しだ。

ふたりは鬼頭の横に座った。

「紹介いたします」

鬼頭は、茫洋としたほうを美里右京、三日月のほうを角野大吾だと紹介した。

頭の中が混乱した。

美里右京は、美剣士として錦絵に描かれている。目の前の美里右京は、よく言えば愛嬌《あいきょう》のある丸顔なのだが、悪く言えば不細工である。まかり間違っても、娘たちが嬌声《きょうせい》などあげないだろう。お珠が見れば、卒倒《そっとう》しそうだ。

いや、

「こんなの偽者《にせもの》」

と、信じようとしないかもしれない。

角野大吾にしても、手練《てだ》れの武芸者には思えない。三日月顔が災《わざわ》いしてか、武芸者特有の凄《すご》みが感じられない。

錦絵は絵空事といえ、あまりの違いに言葉を失ってしまった。埋蔵金と同様、実際と言い伝えの格差は大きいということか。

そんな通春の戸惑いなど慮《おもんぱか》ることなく、

「将軍家御家門、松平主計頭通春さまだ。我らにとって頼もしきお味方だぞ」

鬼頭は通春を、ふたりに紹介した。

美里と角野は緊張の面持ちで、お辞儀をした。

「微力ながら尽くそう」

無難な言葉を返す。

鬼頭は、通春の茶碗が空になっているのに気づき、

「こら、通春さまのお酒が空ではないか。すぐにお替わりをお持ちせぬか。ぼけっとしおって」

鬼頭はふたりを叱責《しっせき》した。自分たちの分も含めて、通春の酒も取りにいった。

どうやら鬼頭は、ふたりよりも上の立場のようだ。

「おふた方も、いわゆる南郷四天王ですな」

通春の問いかけに、鬼頭は、さようでござります、とうなずいた。

「であれば、ふたりとも相当な腕でしょう。南郷二刀流を駆使《くし》するのですか」

そんなふうには到底思えなかったが、社交辞令を兼ねて問いかけてみた。

「南郷二刀流を修行しましたが……あの者どもは挫折《ざせつ》しましたな」

予想どおりの答えを鬼頭がしたところで、ふたりが戻ってきた。美里から酒を受け取り、

「南郷四天王というと、もうひとりいるはずだな……」

と、通春はつぶやいた。

伊吹正二郎……錦絵と読売によると、軍師だそうだ。

美奈から聞いたところでは、私塾《しじゅく》を開いているとか。また、伊吹の私塾には格

之進も顔を出し、格之進は伊吹と親しかったのだ。

　通春の問いかけに鬼頭はうなずき、

「伊吹正二郎ですな」

と、答えてからふたりに、伊吹はどうした、と問いかけた。ふたりとも首を左右に振ってから、

「所在が知れねえですだ」

と、美里が答えた。奥州訛りが抜けていない。

　次に角野が、

「伊吹殿が住まわれていた住まいと、私塾を訪ねたのですが……」

どちらも引き払っていたそうだ。

　鬼頭が、伊吹について説明を加えた。

「伊吹は兵学指南をしております。錦絵では軍師と描かれておりますが、軍師というのはともかく、兵法に通じておるのは事実でしてな、孫子《そんし》はもちろん、楠木《くすのき》流《りゅう》、甲州《こうしゅう》流兵学に通じております。従いまして、兵学の私塾を開いておった次第です」

「その私塾も引き払った、と……門人は、どれくらいいたのですか」

通春の問いに、

「さて……」

鬼頭が思案をめぐらせたところで、

「百人くらいいるべ」

訛り混じりに美里が答えた。陸奥の方言が、茫洋とした美里の風貌《ふうぼう》と似合っていて、朴訥《ぼくとつ》な人柄を感じさせる。

そこに、角野が付け加える。

「そらもう盛況でしたですよ」

「ほう、なぜ」

通春の問いかけに、

「伊吹殿は講釈《こうしゃく》がうまいのです。立て板に水ですな」

「それにしても、いくら口調が滑らかといっても、兵学であろう。ときに孫子も読まねばならない。当然、講義は硬いものとなろう。学問の興味がなければ馬に念仏《ねんぶつ》、居眠りしても当然だ」

通春は納得せずに疑問を呈した。

「それが、伊吹殿の講義は、じつにやわらかいのです。難しい兵学よりも、合戦《かっせん》の話をおもしろおかしく語るのです。源平《げんぺい》の合戦、源九郎義経《みなもとのくろうよしつね》の戦いぶりを、それはもう熱をこめて語られて……壇之浦《だんのうら》の戦いでの八艘飛《はっそうと》びなどを、再現までして見せたり」

角野によると、伊吹は臨場感たっぷりに、義経の若武者ぶりを講釈するのだそうだ。

「義経ばかりではありません。楠木正成《まさしげ》の千早城《ちはやじょう》の攻防などは、とくに力をこめて語りましたな」

二十倍もの軍勢を引き受けても落ちなかった正成の奮戦《ふんせん》ぶりを、激烈な調子で語ったらしい。

「それはもう、聴く者をして、思わず手に汗握るほどの講義ですな」

どうやら、角野自身も講義を聴いたことがあるようだ。

「まるで講談だな」

通春は苦笑した。

「だからこそ、大勢の門人がいたのです。もっとも、武士はほとんどおらず、大半が町人たちでした」

町人相手に、わかりやすい兵学講義というよりは、兵学講談をしていたようだ。

「その伊吹が私塾を引き払った……繁盛しているゆえ、もっと大きな場所を借りようとしたのか」

通春の疑問に、鬼頭が答える。

「あるいは、格之進殿と一緒に、南郷浪人たちと合流しているのかもしれませんな。門人を率いて」

「でも、門人は町人ばっかかだんべえ」

間延びした口調で、美里が言った。

「楠木正成は領民を千早城に入れて、鎌倉《かまくら》勢を撃退した。伊吹は、楠木流兵学に通じておるのだぞ」

おまえはわかっているのか、と鬼頭は美里をたしなめた。美里が、ぺこりと頭をさげる。

「では、伊吹は南郷浪人と門人たちとともに、叛旗を翻《ひるがえ》す、と考えるのだな」

通春が確かめると、

「まさしく、そのとおりでござります。かねてより、伊吹は申しておりました。兵学は机上の学問、実戦で役に立てたい、また、役に立たねばならない、と」

鬼頭は言った。

「伊吹は、己《おの》が兵学を実践できる好機と考えておるのか」

「軍資金は、たっぷりとあると踏んでおります。南郷家埋蔵金が……豊富な軍資金を得て、伊吹は己が才を試そうと企んでおるのだと思います」

鬼頭の見通しに、美里と角野は賛意を表した。

「恐ろしいべ」

美里が肩をすぼめる。

「怖がっておる場合ではない。なんとしても、格之進殿と伊吹の企てを阻止《そし》するのだ」

決意をこめ、鬼頭は美里と角野を叱咤《しった》した。

「そうですとも」

角野は声を大きくして同調したが、美里は頼りなげにうなずくのみだった。

四

客が帰って、店の中は通春たちだけになった。美奈が暖簾を取りこんだ。美奈も、通春たちの集まりが気になっていたようだ。

美奈は、通春たちの輪に加わってきた。

「格之進殿から連絡はありますか」

鬼頭が問いかける。

「いいえ」

力なく美奈は首を左右に振った。

「きっと、格之進殿は連絡をしてくると思う。そうしたら、わしに報せてくれ」

鬼頭が頼むと、

「兄はまこと、だいそれたことを企てているのでしょうか」

美奈は心配そうに、眉間《みけん》に皺《しわ》を刻んだ。

「おそらくはな……だがな、格之進殿が大事を起こす前に会って、説得をするつもりだ」

「兄は、南郷家の再興を願っているそうですね。それが信じられませぬ」

そこで美奈は疑問を呈した。

鬼頭が答えようとしたのを通春が遮り、

「なにかおかしいと思うのか」

優しい口調で問いかけた。

「これは、わたしの勝手な思いなのですけど……」

美奈は言いかけて、自信がないのか、口ごもってしまった。

「いいから、思うさまを語ってくれ」

美奈は、通春の言葉に押されるようにして語りだした。

「兄は国許《くにもと》を嫌っていたのです。いつも、領内では強い相手がいない。それでは、武芸修行にはならない、そんな不満ばかりを申しておりました」

格之進は、剣で一本立ちをすることを望んでいたのだそうだ。

「南郷家の家老になるつもりはない、とまで申しておったのです」

美奈は言った。

「ほう、そんなことを……」

通春がつぶやくと、

「もちろん、父は、それはわがままだと兄を厳しく戒《いまし》めました。ですが、兄は不満そうに、家老なんぞになりたくはない、いっそ、南郷家を出ていく、とまで言って父に逆らったのです。それで、それならば勘当だと、父は怒りました」

そのときはさすがに、それ以上の争いにはならなかった。

「ですが、それから間もなく、御家が改易に処されてしまいました。父が申しましたように、しばらくは道場をともに営んでおりましたが、いっこうに門人が集まらず、道場は閉じました。それをきっかけに、兄は回国修行の旅に出たのです。ですから、埋蔵金のことにも南郷家再興のことにも、それほど関心があるとは思えないのです」

血を分けた妹だけに、美奈の言うことは説得力がある。

「なるほど」

美奈に共感する通春に、

「美奈殿が申されること、もっともではあるが、わしは今回の企て、やはり格之進殿がかかわっておられると思う」

美奈に逆らうように、鬼頭は言ってのけた。

美里と角野は黙っている。

「いかなるわけですかな」

通春が問いかけると、

「わしの勘……ではなく、格之進殿と伊吹の関係を思ったのですよ。格之進殿は伊吹に師事しておりました」

「だから、伊吹に乗せられて、ということか」

「それもありますが、それ以上に、格之進殿は伊吹同様に自分の技量を試したいという欲求があるのです」

「自分の剣、南郷二刀流を駆使し、思うさま暴れたい、と」

「それこそが、格之進殿の生き甲斐《がい》、回国修行の成果を試したいのです。格之進殿の気性からしてそれは疑いないと、わたしは確信いたしますぞ」

「ということは、南郷家再興などはどうでもよく、それに事寄せて、剣を思う存分振るいたいということですな」

通春が念を押すと、

「いかにも」

鬼頭は真剣な顔で首肯《しゅこう》した。

美奈の顔が曇った。

それを横目に、鬼頭は続けた。

「南郷二刀流は、真剣をもって立ちあうことを前提とした剣です。南郷二刀流を極めた先に、格之進殿がなにを求めるか……剣客《けんかく》の性として、実戦……すなわち人を斬るのを欲するのは、当然の成り行きと存じますぞ」

「それでは、兄が血に飢えた獣《けもの》ではありませぬか。兄は決して見境なく人を殺《あや》めるような者ではありませぬ。いくら、剣の腕を磨いたといっても、それで罪もない人を斬る、などということをするはずがございません」

断固として美奈は言いたてた。

「まあ、美奈殿、その気持ちはよくわかる。だがな、人というものは変わる。格之進殿は回国修行の旅に出られて四年、身内や仲間と離れてひとり孤高を生きた……しかも、恐るべき剣の腕を持った者、となれば、それは戦国の世の剣客、宮本武蔵《みやもとむさし》のようになったとしてもおかしくはない。そうではないですか」

淡々と鬼頭は言った。

「それでも、わたくしには得心がゆきませぬ」

美奈は首を強く振った。

通春としては判断のしようがない。

「ともかく、格之進殿より連絡があったなら……」

鬼頭の言葉に、美奈はうなずきつつも、

「でも……」

まだ納得できないでいる。

美奈の疑問は、兄への信頼なのだろう。それを、妹ゆえの甘さとは切り捨てられない、と通春は思った。

美奈の心の揺れを、鬼頭も感じ取ったのか、

「美奈殿、我らはなにも、格之進殿を罰したいのではないのですぞ。逆です。これ以上の罪を重ねてはならぬと思っておればこそ、格之進殿を捕えたいのです。美奈殿が案じておられるように、格之進殿は心優しいお方であります。それゆえ、格之進殿ならば、わかってくださるはず。そのこと、強く申しあげたい」

鬼頭は真摯《しんし》な目を向けた。

「わかっております」

美奈は答えてから、

「あら、美里さまも角野さまも、なにも召しあがっていないではないですか」

「いや、お気遣いなく」

角野は遠慮し、美里も腹が減っていないと言ったものの、腹の虫がぐうっと鳴いた。ばつが悪そうな顔で、美里は頭を搔いた。

美奈はくすりと笑って、大皿ごと持ってきた。箸《はし》と小皿を、美里と角野に渡す。

「いただきますだ」

美里は箸を左手で持ったが、

「あ、いけね」

と、右手に持ち替えた。

鬼頭が美里について、説明を加えた。

美里は、足軽の出であった。武家らしい教育はされず、左利きのまま育ったのだが、足軽の身で郡方に取りたてられ、士分となった。

「先だって申しましたように、盛泰さまの気まぐれ人事……博打で決められたのです」

博打で美里は勝ち、士分に取りたてられた。それでも、郡方の役人として、よい働きをしたのだそうだ。

しかし、訛りは抜けないのだと、美里は恥ずかしそうに頭をさげた。

「うんめえなあ、これ」

美里は素朴《そぼく》な顔で、美奈の料理を褒《ほ》めあげた。団子鼻と黒子がうごめき、美里の素朴な人柄が際立った。

「兄が江戸に戻っているのなら、顔を見せてほしいです」

心の底から美奈は願った。

みなが沈黙するなか、美里が料理を咀嚼《そしやく》する音のみが響いた。

「あの、もし、兄の所在がわかったなら、一度だけでもいいので、会わせてください。お願いいたします」

美奈は鬼頭に頼んだ。

「むろん、わしとてそのつもりです。かならずや、兄妹の再会を実現させましょう」

鬼頭は約束をした。

「あの、松田さまにおかれましては、大変な騒動に巻きこんでしまいまして……まこと、なんとお詫《わ》びすればよろしいのでしょう」

美奈が通春を気遣った。

「なに、これもなにかの縁というもの。乗りかかった舟でござる。中途半端に引いてしまっては、そのほうがかえって、どうにも気になってしかたがござらぬでしょう。これでも、いささかの野次馬でしてな」

砕けた調子で、通春は頭を搔いた。

「さようでございますか」

申しわけなさそうに、美奈は声を小さくした。

「さて、そろそろ引きあげるか」

鬼頭は声をかけたが、美里はまだ夢中で芋を食べている。

「おい、行くぞ」

角野に急《せ》かされ、名残惜《なごりお》しそうに美里は小皿を置いた。

「こんなにも召しあがってくださって、本当に嬉《うれ》しゅうございます」

美奈はにっこりと笑った。

通春も、ぐいっと酒を空けた。鬼頭が、みなの勘定をもってくれた。

五

数日が経過した。

「大変ですよ」

藤馬が大あわてで、外出先から戻ってきた。

コメが背中を弓のように曲げ、爪を立てた。いまにも飛びかからんばかりだ。

藤馬はコメの態度を予測していたようで、懐中から、

「雷屋《かみなりや》のおかきだぞ」

と、紙包みを取りだした。

雷屋は近頃評判の菓子屋で、とくにおかきとかりんとうが評判だと、藤馬は説明した。開店と同時に行列ができ、藤馬もこの炎天下《えんてんか》に半刻《はんとき》も並んで、ようやく買い求めたのだとか。

努力の成果か雷屋の味のためかはともかく、コメは満足そうにおかきを食べはじめた。

藤馬はほっとして、通春の前に座った。

「南郷浪人の動きがあったのか」

通春が問いかけると、

「あったどころではありません。伊吹正二郎が殺されました」

興奮気味に、藤馬は報告した。

「伊吹正二郎……軍師が殺されたか」

さすがの通春も、予想外の展開に絶句した。

「下手人は……」

通春が問いかけると、

「捕まっておりません。おそらくは、南郷浪人の間で、争いが起きているのでは。埋蔵金をめぐって……」

「萬年屋の読売には、そう書いてあるのか」

通春は小さく笑った。

「え、ええ、まあ」

藤馬の声は小さくなった。

「殺された状況を知りたいな」

通春が言ったところで、待ってましたとばかりに、

「通春さま」

と、鬼頭三右衛門がやってきた。

おとなしくおかきを食べていたコメが顔をあげ、鬼頭に向かって唸り声をあげた。鬼頭は階をあがり、濡れ縁に薬箱を置くと蓋を開け、

「雷屋のかりんとうとおかきですぞ。いま評判ですからな。よろしかったら……おお、そうだ。通春さまの飼い猫殿に……」

鬼頭は紙包みを、ふたつ取りだした。ひとつはおかき、ひとつはかりんとうである。

「鬼頭さん、気が利きますね。さすがは、公儀御庭番だ。では、おかきはコメにかりんとうは通春さまとわたしが……」

藤馬は紙包みを受け取り、コメにおかきを差しだしたが、コメは不快そうに爪を立てた。

「なんだ、雷屋のおかきだぞ」

藤馬は言うと、コメはかりんとうのほうを見て、さかんに鳴いている。

「こっちか」

藤馬は、かりんとうをコメにやった。

コメの機嫌が直ったところで、

「通春さま、伊吹正二郎殺しですが」

と、詳細《しょうさい》を語りだした。

伊吹の亡骸《なきがら》が見つかったのは、一昨日の夜中であった。場所は浅草寺の裏手に広がる浅草田圃《あさくさたんぼ》の一角、雑木林の中である。

雑木林を分け入ると、御堂があるのだそうだ。

その御堂は、行商人だとか旅の者が休憩に立ち寄るのだという。

伊吹は遊行僧《ゆぎょうそう》に扮《ふん》し、私塾を引き払ってから滞在をしていたそうだ。

伊吹が滞在しているせいか、昼間は自然と門人たちが集まり、伊吹を囲むものだから、私塾とかかわりのない者は寄りつかなくなったという。

夜になると、門人たちは帰宅するため、伊吹はひとりで寝ていた。

「わたしはその御堂こそが、格之進殿と落ち合う場所、そして、南郷家再興に事寄せた暴挙の企てを練る場所と睨んだのです」

鬼頭は言った。

「これは、興味深いですね」

藤馬は真剣な表情で、耳を傾けた。

「わたしは、美里と角野を連れ、夜に御堂を訪れたのです」

日が暮れてから、鬼頭は美里と角野をともない、御堂を訪れた。

ここで藤馬が、

「得意の忍びの術を駆使されたのですね」

と、興味津々に問いかける。

鬼頭は真面目な顔で否定し、

「その必要はござらぬ。わたしは公儀御庭番になったことは、伊吹には伝えておりませぬ。あくまで、南郷四天王のひとりとして会うわけですからな。警戒するどころか、いよいよ企てが成就《じょうじゅ》すると、むしろ歓迎されるはず、です。角野と美里を加えれば、まさしく南郷四天王が集結です」

まずは、鬼頭は伊吹の懐《ふところ》に飛びこみ、格之進の所在を聞きだしたのち、彼らの企ての全貌《ぜんぼう》を探りだそうとしたのだった。

「餌は先だってご覧に入れた、金塊ですな」

その日の昼、鬼頭は御堂で伊吹に会い、金塊を入れた薬箱を預かってくれるように頼んだ。

「そのうえで、今夜、美里と角野も顔をそろえるゆえ、格之進殿を呼んでほしい、と頼んだのです」

伊吹は承知した。

その日の夜九つ、御堂では伊吹、鬼頭、美里、角野の南郷四天王に、牧野格之進がそろうことになった。

鬼頭は角野、美里とともに、御堂に乗りこんだのだった。

「ところがでござる」

鬼頭は言葉を止めた。

「いかがされた」

藤馬は危機感を募《つの》らせた。

「……あの馬鹿、なにをしておる」

そこで、鬼頭は歯噛《はが》みした。どうやら、呼んでおいた美里が現れないらしい。

六

すると、美里の茫洋とした間抜け顔が、ちょうど現れた。

「遅いぞ」

鬼頭に叱責され、美里は相変わらずの茫洋とした顔で頭をさげた。

「まあまあ、ともかく来てくれたんですから」

藤馬が間に入った。

鬼頭は怒りをおさえ、美里にあがれと命じた。美里は階をあがり、離れ座敷に入った。コメはかりんとうに夢中である。

「一昨晩、浅草田圃の御堂に行ったときのことを、お話しいたせ」

鬼頭が命じた。

「一緒だったのじゃないのですか」

藤馬が問いかけると、

「それが……」

鬼頭は渋面を作り、美里を蔑《さげす》みの目で見た。次いで、

「この者、時の概念が抜けておるのです。今日は遅刻、浅草では早く着きすぎた。本当に困った奴だ」

鬼頭と美里、角野は、夜八つに浅草観音の風神雷神門《ふうじんらいじんもん》の前で待ちあわせた。

「ところが、待てど暮らせど来ない。四半刻《しはんとき》ほどしてから、待ちきれずに御堂に向かったのです」

鬼頭には計略があった。

五合徳利《とっくり》を持参し、その中に眠り薬を入れておいた。格之進と伊吹を眠らせ、捕縛《ほばく》しようと考えたのだそうだ。

「なんと言っても、格之進殿は南郷二刀流の遣い手ですからな、まともにあたっては、こちらも無事では済みませぬ」

金塊を渡したことで、伊吹は鬼頭を信用しただろう。

ところが、御堂に着くと、美里がぼおっと立っていた。いつもの茫洋とした顔だったのだが、少し様子が違う。

「あとは、おまえからお話しせよ」

鬼頭に命じられ、美里はおずおずと語りだした。

「わたすは……その、時を間違えまして、浅草へ行ったんだべ」

美里は語りだしたのだが、奥羽訛りが強く、滑舌《かつぜつ》も悪く、話し方もたどたどしいとあって、よく話が伝わらない。鬼頭は話を止めさせ、

「わたしから、話します」

と、美里の行動を話しはじめた。

美里は半刻ほど先に、御堂に着いた。

伊吹の門人たちの姿はなかった。

美里は御堂の中に入った。

しんと静まり返っていた。それは、異様なくらいの静寂《せいじゃく》だったそうだ。ところが、

「血の臭《にお》いがした……のだな」

鬼頭に言われ、「んだ」とうなずいてから、

「おら……いえ、拙者《せっしゃ》、びっくりしました」

と、言わせておいてから、鬼頭は続けた。

御堂の中の広間、そこで伊吹は塾生たちに講義というか講談を聞かせるのだが、その夜、伊吹の亡骸が横たわっていたそうだ。

「どんな様子だったのですか」

藤馬は問いかけた。

「そら、すげえ……血の海でしただ」

美里では要領を得そうにもなかったので、藤馬は鬼頭を見た。

鬼頭はうなずき、

「わたしと角野は遅れて着き、美里とともに御堂に戻ったのです」

鬼頭は、伊吹の亡骸を確認した。

「南郷二刀流炎返し《ほむらがえ》……伊吹は一刀のもとに斬られておりました」

伊吹の亡骸は、左の鳩尾《みぞおち》から右肩にかけて斬りあげられていた。まさしく、南郷二刀流炎返しの太刀筋であった。

「すると、牧野格之進が伊吹を斬ったのですか」

「それ以外には考えられませぬな。格之進殿と伊吹は、諍いを起こしたのでしょう。いさかいの原因は、おそらく南郷家埋蔵金……それを示すように、わたしが預けた金塊がなくなっておりました」

鬼頭は答えた。

「内輪揉《も》めですね」

藤馬は言った。

すると、鬼頭は声をひそめた。

「じつは、なくなっているものが、もうひとつ……」

と、思わせぶりに言葉を止めた。

「なんですよ、勿体をつけないでください」

藤馬は半身を乗りだした。

鬼頭が答えようとしたところで、

「首がなかっただ……」

先に美里が言ってしまった。

鬼頭は渋面を作り、舌打ちをした。

「首がなかったって……伊吹の首が切られていたということですか」

藤馬は手刀を自分の首にあて、切断する真似をした。

「そうだんべ」

美里が答え、鬼頭が伊吹の亡骸の様子を語った。伊吹は広間の真ん中に、仰向《あおむ》けに倒れていた。首が切り落とされ、広間の中にはなかったそうだ。

「夜更《よふ》けゆえ、御堂の周辺は探せませんでした。有馬さまに報告し、有馬さまから南町奉行所に連絡が入っておりますから、朝から探索がおこなわれておると思います」

角野は南町に協力し、いまも首の探索と格之進の行方を追っているのだそうだ。

ここで美里が、

「南郷二刀流炎返しを使ったあとに、格之進さまは首を切ったに違いねえだ」

と、言った。

鬼頭が顔をしかめ、

「そんなこと、あたりまえではないか。首を切っておいて、南郷二刀流炎返しを使って斬り殺す必要はない。まったく、おまえという奴は底抜けの馬鹿だな」

批難をすると、美里は、それもそうですね、と頭を掻いた。

すると藤馬が、

「これは、ひょっとして」

と、通春を見た。

「とんま。殺されたのは伊吹正二郎ではない、と申したいのか」

通春は藤馬の考えを見透かした。

「そのとおりです。伊吹正二郎は軍師、私塾では講談めいた話をしてお茶を濁《にご》しているとは申せ、楠木流、甲州流兵学に深い知識を持っておることはたしかでございましょう。これは、伊吹らしい軍略ではありますまいか。つまり、死んだと見せかけたのです。しかも、牧野格之進との間に、諍いが生じたのだと見せかけたのではありませぬか」

藤馬らしい早合点のようだが、それなりの説得力はある。そう考えられなくもないのだ。

藤馬は鬼頭に視線を転じた。

「じつは、わたしもそう考えまして、有馬さまにはその旨も報告したのです」

鬼頭は答えた。

「首のない亡骸が伊吹だと、いかにして判断したのだ」

通春は問いを続けた。

「背格好と着物ですな。昼間に会ったときと同じ着物でした」

「ほかには……たとえば、身体のどこかに黒子とか傷跡などはなかったのか」

「それは気づきませんでした。親しくはありましたが、お互いの身体など見たことはございませんのでな」

鬼頭の答えに、

「なるほど」

藤馬は納得してから、

「やはり、ここは仲間割れと考えるのが妥当《だとう》ですよ」

と、確信めいた話をした。

すると、

「通春さま～」

という甘い声が聞こえ、お珠がやってきた。

来客にもかかわらず、例によって読売を持参し、

「南郷四天王の伊吹正二郎が殺されたそうですよ。しかも斬ったのは牧野格之進ですって、怖いわ。南郷家埋蔵金をめぐって、内輪揉めがはじまったみたいですよ」

と、興奮気味に語った。

藤馬が、

「こちらに、南郷四天王のおふた方がいらっしゃるよ」

と、鬼頭と美里を見た。

「ええっ……どこに……いないじゃないのよ」

お珠は口を尖《とが》らせる。

「目の前にいらっしゃるじゃないか。こちらが、忍びの頭領、鬼頭三右衛門さんだよ」

藤馬は鬼頭を紹介した。

お珠はきょとんとしたが、

「でも、こちらお医者さまでしょう」

と、首をひねった。

「医者で暮らしを立てております」

鬼頭は落ち着いて告げた。

「へ～え、そうなんだ……」

半信半疑の顔で、お珠は言った。

藤馬が、

「で、こちらが美里右京さんだよ」

と、美里のほうを紹介した。

お珠は美里を見返し、

「……嘘でしょう。とんまさん、からかわないでよ」

と、吹きだした。

対する美里は黙りこんでいる。

お珠はひとしきり笑ってから、

「え……本当に、美里右京さん……」

藤馬と美里を交互に見た。

「おら、美里右京だんべ」

美里は名乗った。

「あら、そう……ですか」

お珠は口を閉ざした。

いたたまれない空気が漂った。

七

ばつが悪くなったお珠は、誰にともなく用事を思いだしたと言って、そそくさと出ていった。

お珠と入れ替わるように、角野大吾が姿を見せた。角野は、南町奉行所に協力して御堂周辺を探索していた。

「五百両相当の金も、伊吹正二郎の首も、見つかりませんでした」

角野は報告した。

「金は、格之進が持ち去ったのでしょうが、首まで持っていってしまったんですかね」

藤馬が疑問を投げかけると、

「まさしく、それが南町奉行所でも問題になりました」

角野が返した。

我が意を得たりとばかりに、藤馬は持論を展開した。

「やはり、殺されたのは伊吹正二郎ではないのですよ。それがあきらかになるのを恐れ、格之進は首を持ち去ったんです。通春さま、伊吹は生きていますよ」

「格之進は、伊吹を死んだと見せかけたということだな。どうして、そんなことをする」

通春に問われ、

「自分たちに探索が近づいているとわかったからですよ」

当然のように藤馬は答えた。

「伊吹は死んだが、格之進は生きているとなれば、探索は続く……より厳しい探索が続く、と思うのではないか」

　通春に反論されると、

「それもそうですが……探索を混乱させることはできる、と踏んだのではありませぬか」

　藤馬は返した。

　すると、藤馬を援護するような報告が、角野によってなされた。

「南町奉行所が、伊吹の門人たちに聞きこみをおこなったのです。門人の誰かが伊吹と格之進殿をかくまっているのではないか、と疑っての処置ですな。それで、重大なことがわかりました。門人のひとり、船戸《ふなと》平太《へいた》という者が、行方知れずとなっているのです」

　船戸は南郷浪人、伊吹の私塾の門人であり、しかも伊吹と背格好が似ており、背後からだとふたりの区別はつかなかったそうだ。

「船戸か……なるほど、伊吹と似ておる。ということは、格之進に殺されたのは船戸の可能性があるな」

　納得したように鬼頭が言った。

「船戸は浪人して、なにをやっておるのだ」

通春が問いかけると、鬼頭が答えた。

「浪人して、内職で身を立てていたようです。傘張《かさは》り、朝顔造り……手先の器用な男ですので、暮らしに不自由はないようですな。加えて妻が近所の子どもたちに手習いを教えておりますな。伊吹は南郷家では殿の侍講《じこう》を務めており、馬廻り役であった船戸も、伊吹の講義を受けておりました。船戸は伊吹を尊敬し、熱心に講義に出席しておりました」

それゆえ、浪人してから伊吹の私塾に入門したということだ。

「妻によりますと、伊吹が殺された日、船戸は浅草の御堂に出かけ、それきり帰ってこないとか」

角野が続けた。

「決まりですよ！」

殺されたのは伊吹ではなく船戸だと、藤馬は決めこんだ。

対して通春は、慎重に疑問を呈した。

「船戸は伊吹を尊敬していた。浪人しても私塾に入門したくらいだからな。そんな船戸を、伊吹は自分の身代りにするだろうか。格之進に殺させるであろうかな。

伊吹と格之進が、南郷浪人を結集して事を起こそうと企てているのなら、船戸のような者は必要ではないか。伊吹の右腕になれるのだからな」

「なるほど、それはもっともだ。となると、やっぱり殺されたのは伊吹ですね」

藤馬らしい変わり身の早さで、通春に賛同した。

「では、船戸はどこへ行ったのでしょうな」

あらためて鬼頭が疑問を呈した。

「師匠である伊吹を殺した格之進を、追っているのかもしれませんな」

藤馬は答えた。

「そうも考えられますな」

鬼頭がうなずいたところで、それまで話に加わらなかった美里が口をはさんだ。

「船戸殿は、伊吹殿の身代りになるのを望んだのかもしれません」

「ああ、そうか」

たちまち藤馬が興味を抱いた。

藤馬は、美里の言いたいことを代弁した。

「探索の手が伸びているのを知った船戸は、企て成就のため、自分が伊吹の身代りとなる、と申し出たということですね。なるほど、それならわかる」

藤馬は美里の考えに同意した。

ここで角野が、

「南町奉行所は、船戸の妻に伊吹殿の亡骸を検《あらた》めさせております。妻ならば、首がなくとも船戸本人かわかるでしょうからな」

「違いないですね」

藤馬は応じた。

「まもなく、こちらに結果が届く予定です」

角野は続けた。

「楽しみですね」

微笑《ほほえ》んでから藤馬は、不謹慎だと思ったようで、笑顔を引っこめた。

四半刻ほどが過ぎ、角野へ書状が届けられた。

角野はさっと目を通し、

「亡骸は、船戸ではなかったそうです」

と、結論を言ってから書状を鬼頭に見せた。鬼頭は自分より先に通春に読んでもらおうと、受け取った書状を通春にまわした。

鬼頭の好意に感謝して、通春は読みはじめた。

書状には、船戸の女房が亡骸を船戸にあらず、と判断したのは、臍《へそ》の左横に黒子があったからだそうだ。船戸に黒子はなかった。

「では、殺されたのはやっぱり、伊吹正二郎ということになりますな」

逡巡《しゅんじゅん》の末、藤馬は断じた。

「そのようですな」

鬼頭も同意した。

すると、

「ほんでも、亡骸は船戸殿ではないとわかっただけで、伊吹殿だということにはならないいんだべ。格之進殿と伊吹殿は、船戸殿以外の者を身代わりに立てたかもしれねえべ」

美里は異をとなえた。

藤馬はうなずきながらも、

「でも、門人で伊吹と背格好が似ているのは、船戸くらいだったのでしょう」

「門人以外かもしれねえべ」

茫洋とした美里にしては、頑《がん》とした考えを貫《つらぬ》いている。

おもむろに通春が言った。

「いまの段階では、結論はくだせないな。南町奉行所の探索を待とう」

「我らも格之進殿と伊吹殿の探索を……」

そこで鬼頭は言葉を止めた。

鬼頭の異変に気づいた藤馬が問い返した。

「いかがされたのですか」

「あ、いや、思いだしたのです」

鬼頭は表情を引きしめた。

みなの視線を受け止めながら、鬼頭は続けた。

「伊吹殿に聞いたことがあります。国許の温泉に行ったときです。何人かで行き、伊吹殿は一緒に入ろうとしなかったのです。臍の左に黒子がある、それが恥ずかしいゆえ、一緒には入らない、と」

「これで決まりだ！」

もはや聞き飽きた台詞《せりふ》を、藤馬は発した。

雲行きが怪しくなってきた。西の空に暗雲がたちこめ、湿り気を帯びた風が強くなってきた。

「嵐が来るな」

通春は立ちあがり、濡れ縁に出た。

八

それから三日が経ち、事件は急速に展開した。嵐の襲来で大川《おおかわ》の水嵩《みずかさ》が増え、川底に沈められていた船戸の亡骸が浮上したのだ。

船戸の亡骸には、鬼頭の薬箱が縛りつけられていた。薬箱には石が詰められ、重石とされていたのだ。

通春は南町奉行所で、船戸の亡骸と伊吹の亡骸を検めた。

そのうえで、文月二十日の夕暮れ、丸太屋の離れ座敷に美里右京を呼んだ。

美里はいつものように、茫洋とした面持ちでやってきた。

離れ座敷に入ると、大刀を鞘《さや》ごと抜き、右脇に置いて正座をし、両手をつく。

足軽あがり、お国訛り丸出しの美里とはいえ、剣の腕を磨いただけあって武芸者らしい所作である。

「今日、来てもらったのは、もう一度、伊吹さんの亡骸を見つけたときの様子を聞きたいのだ」

通春が言うと、美里は口を半開きにしてうなずいた。

「緊張することはないですよ」

気遣って藤馬が声をかけたのだが、美里からは緊張どころか間の抜けた雰囲気が漂っているばかりだ。

美里は語りはじめたが、なんら新しい事実はあきらかとならない。藤馬は苛立ったが、通春は鷹揚《おうよう》にうなずき、

「おれは、伊吹と船戸の亡骸を検めた。伊吹は南郷二刀流炎返しで仕留められ、船戸は右肩から左脇腹にかけて、袈裟《けさ》懸《が》けに斬りさげられていた。通常の袈裟懸けだと、左肩から右脇腹に斬りさげられる。これは、左利きの者の太刀筋だ。さらに申せば、伊吹の刀傷、南郷二刀流炎返しが使われたようだが、左利きの者の仕業とも考えられる。南郷二刀流は、あえて左手で大刀を持つ。このため習得するには非常な鍛錬《たんれん》を要する。牧野甚右衛門殿が江戸で道場を開き、南郷二刀流を教授したが、門人が集まらなかったはずだ。だが、左利きで剣の腕を磨いたものならば、南郷二刀流を会得しなくとも炎返しを放てる……」

と、美里に視線を預けた。

「通春さま、おらが斬った、とおっしゃりたいのですか」

依然として美里は茫洋とした顔だが、目つきだけは鋭さを帯びている。

通春が答える前に、藤馬が言った。

「あんた、五百両相当の金が欲しくなって、伊吹を斬った。そのとき、伊吹が逃亡したと見せかけるため、伊吹の首を刎《は》ね、船戸を斬って身代りに仕立てた。伊吹の首と船戸の亡骸を、夜陰《やいん》にまぎれて大川に捨てた。浮かばないよう、薬箱に首と石を詰めてな。鬼頭殿、角野殿との待ちあわせの刻限より半刻も前に浅草の御堂に行ったのは、ふたりを殺すためだ。日頃、鬼頭殿から間抜け呼ばわりされているあんただから、刻限を間違えても不審がられない、と思ったんだろう。どうりで、伊吹は生きていると、固執《こしつ》していたはずだ」

美里は押し黙っている。

なおも藤馬が追及しようと、半身を乗りだした。

通春が制して、話を続けた。

「おれがおまえを疑ったのは、伊吹の亡骸を見たときだ。南郷二刀流炎返しが使われているようだったが、太刀筋が正確さを欠いていた。臍の左の黒子が斬られていなかった。格之進は南郷二刀流の達人、それにしてはお粗末だ。ここでおれは、牧野殿の言葉を思いだした。牧野殿は、宇野と木村を斬ったのは格之進だと思っていたが、太刀筋がわずかにずれている、と言っていた。ずれていたはずだ。ふたりを斬ったのも、おまえだな」

通春の推論を受け、

「宇野と木村を斬ったのは、埋蔵金をめぐって内輪揉めをしたのだな」

藤馬は詰め寄った。

「す、すんません」

ここにきて、美里は両手をついた。

藤馬が、美里の前に座ろうとした。

それを、

「退《の》け！」

通春は叫《さけ》びたて、藤馬を押しのけた。

「な、なにをなさるんだがや」

思いもかけない通春の所業に、藤馬は名古屋訛りで抗議した。

と、次の瞬間、美里が大刀を抜き放った。

左利きの美里は、右脇に置いた大刀を右手に持ち替えることなく、すばやく左手で抜けるのだ。

刀の切っ先が、藤馬のそばを走る。

通春は美里の行動を予想し、見切っていた。

脇差《わきざし》を抜き、美里の刃を受け止めると、すばやく立ちあがろうした。

だが、それよりも速く、コメが美里に飛びかかった。コメは爪で、美里の顔を引っかきまくる。

「やめれ〜」

情けない悲鳴をあげ、大刀を捨てると、美里は座敷から濡れ縁に転げ出た。

「観念するがや」

藤馬は、美里の襟首《えりくび》をつかんだ。


その日の夕暮れ、霊岸橋の袂にある小料理屋甚右衛門では、美奈が暖簾を取りこもうとした。

すると、背後に人影が立った。

「申しわけございません。今日は店仕舞いなのです」

美奈は振り返った。

男が美奈に、

「一杯だけ飲ませてくれ」

と、頼んだ。

美奈は唖然《あぜん》と男を見返し、

「……兄上……」

と、つぶやくと、男を店の中に入れた。

第四話　亡国の秘宝

一

お盆が過ぎ、夕暮れ近くなると涼しい風が吹き抜ける。そんな秋の訪れを感じる文月《ふづき》の終わり、松平通春は、霊岸橋の袂《たもと》にある小料理屋甚右衛門を訪れた。

美里右京は南町奉行所が捕縛《ほばく》したが、舌を噛《か》んで自害した。それを受け、鬼頭三右衛門が会いたいと連絡を寄越したのだ。

常連客が増え、甚右衛門は営業時間が半刻《はんとき》ほど延びている。まだ暖簾《のれん》は取りこまれず、甚右衛門の屋号が記された箱行灯《はこあんどん》が灯《とも》っていた。それを見ると、懐かしさを覚える。

「いらっしゃい」

変わらぬ明朗《めいろう》な声で美奈が迎えてくれたが、どこか影が感じられる。

兄格之進は伊吹正二郎殺しの疑いこそ晴れたが、依然として南郷家埋蔵金《まいぞうきん》にまつわる陰謀《いんぼう》の首謀者《しゅぼうしゃ》と、世間では見なされている。兄の身を案じないではいられないだろう。

店に入ると、すでに鬼頭と角野大吉は小上がりの隅《すみ》で待っていた。通春のために、里芋《さといも》の煮付、青菜の煮びたし、焼き茄子《なす》が小皿に盛られ、茶碗《ちゃわん》には酒が注《つ》がれていた。

「このたびは、まことに申しわけございませんでした」

鬼頭は両手をついて、美里の不始末を詫《わ》びた。合わせて角野も平伏する。

「おれに詫びることはないよ」

通春は、ちらっと美奈を見た。

鬼頭が通春の視線を追い、

「さきほど、美奈殿には事の次第を話し、格之進殿を疑ったことを謝りました」

角野も続けた。

「迂闊《うかつ》ですが、美里があのような邪《よこしま》な考えを抱いていたとは夢にも思っておりませんでした。あ、いや、むろん、見過ごしておったのは我らの落ち度です」

背筋を伸ばし、角野は重ねて詫びた。通春はふたりを見ながら、

「五百両相当の金は、取り戻せたのか」

「行方がわからないままです」

答えてから角野は、南町奉行所が引き続き探索をしている、と言い添えてから、

「もちろん、美里の家は念入りに探しました」

美里は、神田相生町の棟《むね》割《わ》り長屋にひとり住まいをしていた。妻子は国許《くにもと》にいる。南郷家改易《かいえき》後、実家の農家に戻っていたそうだ。美里も、浪人した当初は野良仕事をしていた。

それが、一年前、江戸に出てきた。

江戸でなにか仕事を見つけ、稼ごうと思っていたようだ。日雇い仕事で糊口《ここう》を凌《しの》いでいるうちに、読売で南郷家埋蔵金騒動が書きたてられるようになった。

美里右京は美剣士だと世の中には広められ、本人は戸惑っていたが、次第にその気になっていった。南郷家の朋輩《ほうばい》だった角野大吾に連絡を取り、鬼頭三右衛門とも交わるようになる。埋蔵金をめぐり、南郷浪人たちが蠢動《しゅんどう》しはじめたという噂《うわさ》が流れ、鬼頭が由々《ゆゆ》しきことだと解決に乗りだし、美里も加わった。

「ところが、埋蔵金騒動に便乗して、ひと儲《もう》けしようと企むようになったようです。同じく埋蔵金を狙《ねら》っていた宇野三次郎と木村敬之助と仲違いをし、ふたりを

殺《あや》めたのでしょう」

角野は長い顎《あご》を指で掻《か》き、小さくため息を吐いた。

「ふたりを斬《き》るに際して、左手で逆袈裟《けさ》に斬りあげたのは、南郷二刀流炎返《ほむらがえ》しを意識してのことだろうね」

通春が鬼頭と角野の考えを確かめると、

「牧野格之進に疑いを向けようと企んだのでしょう」

と、鬼頭が答えた。

「だが、牧野甚右衛門殿が格之進殿の仕業と思い、罪を被《かぶ》ってしまった、ということか」

通春が言うと、鬼頭は同意し、

「牧野殿には、まことお気の毒な次第です。美里は、まことと馬鹿な奴でした」

鬼頭の言葉に、角野も牧野甚右衛門の悲劇を嘆《なげ》いた。嫌な空気が漂い、しばらく飲み食いを続けたあと、

「それで、格之進の行方の所在はわかったのか」

話題を格之進に向けたため、通春は美奈には聞かれないよう、声の調子を落とした。

「いまのところは、まだ所在をつかめておりません」

角野が答えた。

「思えば、格之進はなにも罪を犯してはいない。宇野、木村、伊吹、船戸殺しは美里の仕業だったのだからな」

通春の指摘に、鬼頭も角野もうなずく。

「格之進が、南郷家の埋蔵金をもとに御家再興に事寄せた陰謀を企んでいる……とは、そなたらの勘繰《かんぐ》りすぎなのではないのか」

通春が疑問を呈すと、鬼頭と角野は口を閉ざした。

「そもそも、格之進が陰謀を企てているなど、どこで聞いたのだ」

通春は問いを重ねた。

「それは……」

角野は口ごもり、鬼頭を見た。

「それは……やはり、美里ですな」

鬼頭は答えた。

「美里は誰から聞いたのだろう」

通春の問いは続く。

「伊吹正二郎殿だと、申しておりました」

という角野の答えを補足するように、鬼頭は考えを述べたてた。

「伊吹は南郷家埋蔵金の話を広めようとして、美里に吹きこんだのかもしれませぬな」

「ならば、伊吹と美里が死んだゆえ、埋蔵金騒動はこれで終わり、ということだな」

通春が確かめると、

「そうであればいいのですが……」

角野は不安そうに目をしばたたいた。

「どうした。なにか不安な点があるのか」

「近頃、夜道が不安なのです」

何者かにつけ狙われているようだ、と角野は首をすくめた。通春は苦笑し、

「そなた、手練《てだ》れの武芸者なのだろう」

「それは……美里同様、錦絵《にしきえ》や読売がおもしろおかしく仕立てたのです。もちろん、拙者《せっしゃ》とて南郷二刀流こそ習得できていませんが、腕に覚えはあります。ですが、闇討《やみう》ちされたら……不意に暗闇から襲われたら……しかも、複数の者に不意

をつかれたら、無事では済まないでしょう」

言いわけを並べ、角野は危機を訴えた。

「そなたを狙っておるのは、埋蔵金に集う南郷浪人たちなのだな」

通春の念押しに、

「あるいは、伊吹の私塾《しじゅく》の門人かもしれません」

訴えるように角野は言った。

「門人がどうして、そなたを狙うのだ。彼らも伊吹と船戸を殺したのは、美里右京だと知ったのだろう」

「拙者が美里の仲間で、ともに伊吹殿と船戸殿を殺そうと企てたと勘繰っておるのかもしれませぬ。拙者は、南町奉行所と一緒に門人たちの聞き込みをいたしました。門人たちに、顔と名前は知られております」

「とくに怪しいと見当をつけておる者はいるのか」

「ないこともないのですが……」

言葉を曖昧《あいまい》にし、角野は視線を凝《こ》らした。

「何者だ。申してくれぬか」

通春は問いかける。

「佳代《かよ》殿……」

角野はつぶやくように言った。

通春は、鬼頭に向いた。

「船戸の妻です」

鬼頭は答えた。

船戸の妻、佳代は、夫を殺したのが美里と、その仲間である角野ではないかと、強い憎悪《ぞうお》の念を抱いているという。

「佳代殿は、伊吹殿と夫の仇《あだ》を討つつもりだと思います」

という角野の推測を受け、

「わたしも、佳代殿が怪しいと考えますな。船戸は門人たちのまとめ役でした。佳代殿は、門人たちの世話を焼いていました。船戸とともに佳代殿を慕《した》う門人は少なからずおります。佳代殿に頼まれれば、角野を狙う……あ、いや、わたしの命を奪おうとする者もおりましょうな」

鬼頭も持論を展開した。

「なるほどな……」

通春は考えこんだ。

「佳代殿からあらぬ疑いをかけられ、困っております」

ぼやく角野に、

「佳代と会い、疑念を解けばよいだろう」

あっさりと通春は言った。

「そうなのですが……」

「どうしたのだ」

苛立《いらだ》ち気味に通春が聞くと、

「佳代殿の所在が知れないのです」

佳代は船戸と一緒に住んでいた神田明神下の長屋を引き払い、行方が知れないそうだ。

「ならば、どうして佳代がそなたを狙わせている、とわかるのだ」

新たな疑問を、通春はぶつけた。

「怪しい者に狙われるようになり、拙者は伊吹殿の門人の仕業と考え、何人かの門人にあたったのです。そのなかで、佳代殿がわたしをひどく恨んでいる、刺客《しかく》を向けたかもしれない、と聞いたのです」

「そこまで確信しておるのなら、佳代を探すことだな。鬼頭さんは、忍びの頭領《とうりょう》だったんだから、探索はお手のもの。それに、いまは公儀御庭番なのだから、佳代を見つけだすなど容易であろう」

通春に矛先を向けられ、

「むろん、わたしとて指を咥《くわ》えておるわけではござりませぬ。角野には申しわけないが、あえて囮《おとり》になってもらおうと考えます」

鬼頭は誇《ほこ》らしそうに胸を張った。

「佳代を誘いだすのだな」

「それもありますが、わたしが狙っておるのは、佳代殿を操《あやつ》る者の正体を見極めることです。操る者は、牧野格之進に違いありませぬ」

「どうあっても、格之進が江戸におって陰謀を企てておる、と考えているようだな」

通春は苦笑した。

「通春さまは、格之進殿は江戸にはおらぬとお考えですか」

「わからん。ただ、あまりにも格之進の名前ばかりが、表に出すぎると思うのだ。どうも、不自然ではないか」

「わたしは、格之進殿は江戸におると信じて疑いませぬ」

「忍者の勘か」

「それもあります」

「なにかつかんでおるのか」

「それは……お楽しみ、ということで」

思わせぶりに、鬼頭はにんまりとした。通春は白状させようとしたが、美奈がやってきて、

「お料理、追加で取りましょうか」

空になった小皿を見た。

「うむ、里芋をいただこうか」

通春は小皿を、美奈に手渡した。

「松田さま、本当にお芋がお好きですね」

くすりと美奈は笑った。

すると、

「すっかり、ごちになっちまって」

と、半纏《はんてん》、腹掛けといった職人風の男たちが数人、美奈に礼を言って帰っていった。美奈はわざわざ戸口まで見送り、丁寧《ていねい》に腰を折った。

戻ってきた美奈に、

「いまの者たちは……」

つい興味を引かれ、通春は問いかけた。

「左官屋《さかんや》さんと大工さんなんです」

この店は古くなり、ところどころが傷《いた》んでいる。壁《かべ》は漆喰《しっくい》が剝《は》がれ、柱には節が目立ち、板壁にも穴が目立つ。それらを、昼間に修繕してくれたそうだ。

「近江屋さんが手配してくださって、費用も負担してくださったんです。もちろん後日、かかった手間賃は近江屋さんに聞いて、お返しするつもりですけど」

きれいに仕上げてくれたお礼に、美奈は職人たちに無償《むしょう》で飲み食いさせたのだった。それにしても、思いがけず近江屋の名を聞いた。

「近江屋とは、神田鍛冶町の両替商だな。主人は源兵衛……」

通春の問いかけに、美奈はそうだと答えた。

近江屋は、南郷家出入りの両替商だった。藩札を引き受けてもいたはずだ。家老だった牧野甚右衛門と懇意《こんい》にしていたとしても不思議はない。

通春が、近江屋源兵衛と牧野のかかわりに思案をめぐらせているのを察したようで、

「このお店、父は近江屋さんから買ったのです。近江屋さんはずいぶん気遣《きづか》ってくださって、十両という破格のお安い値段で譲《ゆず》ってくださったんですよ。そのうえ、痛みがひどいと、年に二度、修繕をしてくださるのです」

美奈は源兵衛への感謝を述べたて、店仕舞をはじめた。

「牧野殿がこの店を近江屋から買い取ったこと、知っておったか」

鬼頭と角野に聞くと、ふたりとも、知っていた、と答え、

「南郷家が改易となり、牧野殿は近江屋が引き受けた藩札の買い取りに尽力《じんりょく》しました。紙屑《かみくず》同然になった藩札でしたが、五百両相当の金の延《の》べ棒《ぼう》ばかりか、できるかぎりの補償を、牧野殿はなさったのです。両替商としての商《あきな》いでは赤字でしたが、源兵衛は恩に感じたのでしょうな」

鬼頭が言い添えた。

二

店を閉め、美奈は観念寺の草庵に戻った。

星影が瞬《またた》き、秋の虫の鳴き声が響きわたっている。

「疲れたろう」

板敷の囲炉裏端《いろりばた》で、格之進が出迎えた。

「今日、鬼頭さまと角野さまがいらっしゃいました」

美奈は報告した。

「奴ら、わたしの行方を血眼《ちまなこ》になって追っておるのであろう。どうでも、わたしを悪人にしたいらしい」

格之進は冷笑を放った。

すると、奥の襖《ふすま》が開き、女が出てきた。

船戸の妻、佳代である。

「美奈さま、鬼頭さまと角野さまにお会いになったのですね」

佳代は不安そうに問いかけた。

「おふたりは、佳代さまの行方を追っておられます。佳代さまが伊吹先生の門人方をけしかけ、自分たちを襲わせようとしているのだ、と松田さまに話されていました」

接客をしながらも、美奈は鬼頭と角野の言動に耳をそばだてていたのだ。

「松田さまとは……」

佳代が訝《いぶか》しんだ。

「ああ、そうでしたね。まだ、お話をしておりませんでした。父がお店を営《いとな》んでいたとき、常連になってくださった御家人さまです。とても親切な方で、父やわたくしの力になってくださったのです」

美奈は、通春が煮売り酒場甚右衛門の常連客となり、牧野と親しくなった経緯《いきさつ》、牧野が宇野と木村殺しの下手人として捕縛されてからの対処を語った。

佳代は感心して聞いていたが、

「公儀の御家人さまが、どうして鬼頭さまや角野さまと交わっておられるのですか。ひょっとして松田さまは、鬼頭さま、角野さまのお仲間なのではありませんか。それで、格之進さまの行方を探るため、お父上に近づいた……のではないでしょうか」

格之進も、

「わたしも松田という男、怪しいとしか思えないぞ」

「たしかに、鬼頭さまと角野さまのお仲間のようですけど……わたしには、悪いお方には思えないのです」

美奈は真摯《しんし》な目で言った。

「その考えを甘いとは申さぬ。そなたは実際に松田とやりとりをし、その人となりを知ったうえで、松田を悪人とは思えぬと申しておるのだろう」

「父上が武士としての最期《さいご》を飾ることができたのは、松田さまのおかげです」

美奈は言い添えた。

格之進はその話を受け、

「そのことなのだが、松田は南町奉行所に顔が利くようだな」

「そうかもしれません」

首を傾《かし》げ、美奈は返事をした。

「御家人の身で、町奉行所に意を通すことができるとは思えぬ」

格之進が訝しむと、美奈は黙りこんだ。

「只者《ただもの》ではないのかもしれない。少なくとも、単なる御家人ではなかろう」

格之進の言葉に、佳代が反応した。

「公儀御庭番ではないでしょうか」

美奈がこれを受け、

「御庭番と申せば、隠密《おんみつ》でございましょう。松田さまが、そのような影の役目を担っておられるなど、信じられませぬ」

「公儀御庭番と申せば……」

はっとしたように、佳代は目をしばたたいた。

「どうしたのですか」

美奈が問いかける。

「船戸が怒っていたのです。鬼頭さまは裏切り者だと、御公儀の犬に成り果てた、と。犬とは、隠密のことでございましょう。だとしたら、鬼頭さまは公儀御庭番になった、と思うのです」

佳代は言った。

格之進が、

「鬼頭とつるんでいるということは、松田も御庭番なのではないか」

ますます通春への疑念を強めた。

「……いえ……やはり、わたしには信じられませぬ」

それでも、美奈は受け入れられないようだ。

「ならば、確かめてはどうだ」

「まさか松田さまに、御庭番ですか、とでも尋ねるのですか」

美奈が返すと、

「そんな露骨に聞いては、腹を割ってはくれまい」

「では、どうせよと……」

「松田は甚右衛門に通ってくるのだな」

「はい。父上を偲《しの》んで、いまでも通ってくださいます」

それがどうした、と美奈は問い返した。

「父を偲ぶのみで、通っていると思うか」

思わせぶりな笑みを、格之進は浮かべた。

「それは、わたくしの拙《つたな》い料理を気に入ってくださったのでは……と思います」

おずおずと美奈が答えると、

「それだけかな」

格之進は佳代を見た。

「おそらく、松田というお方は、美奈さまを憎からず想っておられるのですよ」

佳代が意味ありげに微笑《ほほえ》む。

「そうだ」

格之進も首肯《しゅこう》をした。

「そんな……ご冗談を」

美奈は頰《ほお》を赤らめた。

「そうでなければ、あんなむさ苦しい店に通うものか。御家人といえど、れっきとした侍なのだぞ」

黙りこむ美奈に、格之進は命じた。

「よいか、松田はそなたに惚《ほ》れておるのだ。うまいこと誘いをかけ、松田の狙いを探れ」

「それは……」

美奈は躊躇《ためら》いを示した。

強い口調で、なおも格之進は命じた。

「やるのだ」

美奈は黙っている。

そこで佳代が口をはさんだ。

「伊吹先生と船戸は、美里右京に殺されました。牧野さまも、美里に殺されたようなものです。鬼頭と角野は、金に目が眩《くら》んだ美里ひとりの仕業だとしておりますが、わたしは鬼頭と角野も同じ穴の貉《むじな》だと思っております」

鬼頭も角野も呼び捨てにし、ふたりへの憎悪を露《あら》わにした。

「そうでございましょうか……」

判断がつかぬように、美奈は眉間《みけん》に皺《しわ》を刻んだ。

「船戸は申しておりました。鬼頭は伊吹先生に、格之進さまを誘いだしてくれ、と頼んだそうです。格之進さまを御公儀に突きだす、という邪な考えを抱いていたのです」

「どうして、兄を」

美奈は、格之進を見た。

「南郷家埋蔵金をネタに、南郷浪人を集めて御公儀に叛旗《はんき》を翻《ひるがえ》す首謀者に仕立てたいのです」

佳代は憎々しそうに唇を曲げた。

「ひどい」

ここに至って、美奈も怒りを示した。

「とんだ曲者《くせもの》どもだ」

格之進も憤《いきどお》った。

「ですが、どうして、兄上をそのような陰謀の犠牲《ぎせい》にしようと、おふた方は考えておられるのですか」

「埋蔵金を奪おうと考えておるからであろう」

「埋蔵金など、あるのですか。父上は申しておりました。読売が南郷家埋蔵金を騒ぎはじめたとき、そんな絵空事を信じておる者は馬鹿だ、と」

「父上が申されたように、埋蔵金などありはしない。だから、あ奴らは企んでおるのだ。ありもしない埋蔵金、ありもしない南郷家御家再興に事寄せた企て……そしてそれらを束ねるのは牧野格之進、そんな絵図を描いておる。なぜ、そんな夢物語をこさえたのか。奴らが、なにを企んでおるのか……。松田なら知っておるかもしれぬぞ。わたしは、奴らの狙いがわかる」

「狙いとはなにか、お聞かせください」

毅然《きぜん》と美奈は問い返した。

「南郷家が改易されたとき、麓山城も江戸の藩邸も大混乱に陥《おちい》った。出入り商人は未回収の代金を取りたてようと、連日連夜押しかけた。国許は治安が乱れたのをいいことに、城の土蔵が荒らされた。千両箱はもとより、金目の品……武具、刀剣《とうけん》、書画、骨董《こっとう》などを未払いの代金代わりに持ち帰る商人ども、あるいは、どさくさにまぎれて強奪《ごうだつ》していった者どもが、あとを絶たなかった。それらの品々はその後、どうなったと思う」

目を血走らせ、格之進は言葉を止めた。

見当もつかないと、美奈は首を左右に振った。

「わたしは、回国修行の旅の途中、旧南郷領をめぐり、品々が江戸の闇市で売買されていると知った。正規の支払い代金として受け取った品ならいざ知らず、強奪品となれば、まともな取り引きでは金にならぬからな。闇市では、高額で売れたらしい。南郷家は、陸奥にあって由緒《ゆいしょ》ある国人領主家であるからな。好事家《こうずか》には評判がよかったのだ。そして、闇市を仕切っておった者……それは、誰あろう近江屋源兵衛だ」

格之進の口から源兵衛の名が出ると、美奈は両目を見開き、驚きを示したものの、

「近江屋さんは藩札で、大きな損害を被られたのです。その穴埋めのためだったのではないでしょうか」

世話になっているためか、美奈は源兵衛をかばった。

「わたしも、そう思った。だから、それを知ったときは、源兵衛を咎《とが》めようとは思わなかった。それに、公儀とて見逃《みのが》すはずはないからな。実際、公儀は御庭番を南郷領に遣わして、隠し金山と埋蔵金の有無を探索した。そのとき、強奪品の

所在も探ったようだ。源兵衛が闇市で不当に儲けているのならば、摘発しただろうが、摘発が成されなかったということは、闇市ではそれほどの金を得なかったのかもしれない。毎年、公儀の勘定所は、監督を名目に近江屋の店、それから妖怪《ようかい》屋敷と呼ばれておる寮に踏みこみ、帳簿に載っていない法外な金がないか検めているそうだ。しかし、近江屋からは、怪しい金は見つかっていない。したがって、源兵衛はそれほどに儲けていないのか、あるいは……よほど巧妙に隠しているか、だ」

腕を組み、格之進は考えを述べたてた。

美奈は言葉を差しはさめずにいたが、

「わたくしには、近江屋さんは……悪い人には思えません」

格之進は微笑みかけ、

「そなたの気持ちはわかる。では、わたしが源兵衛を疑うわけを話そう。旅先でも、半年ほど前から南郷家埋蔵金の噂話が流れていた。当初は相手にしておらなかったが、記事が過激になったため、気がかりとなって江戸に戻った。すると、埋蔵金話は大きくなる一方で、南郷浪人が陰謀を企てているというではないか。その矢先、父が宇野と木村殺しの罪で、自刃《じじん》して果てた。わたしはひそかに、伊吹殿を訪ねた」

伊吹は鬼頭と角野、美里が格之進と会いたがっている、と言った。さらに伊吹は、鬼頭たちが南郷浪人を扇動《せんどう》しているのが格之進だということにしようとしている、と打ち明けた。

礼金として、源兵衛が用意した五百両を持参したそうだ。

「しかし、伊吹殿は断ったそうだ」

悔しそうに格之進が舌打ちをしたのは、断ったがゆえ、伊吹が殺されてしまったことだろう。

「それ以来、南郷家埋蔵金話には、源兵衛がかかわっていると思った。源兵衛は麓山城から強奪された品々を闇市で売りさばき、それで得た大金をどこかに隠しておる。その大金を埋蔵金に仕立て、牧野格之進が奪い去ったように見せかけたいのだろう。鬼頭たちは、その先棒を担いでおるのだ」

格之進は語り終え、拳《こぶし》を握った。

ここで佳代が口をはさんだ。

「角野大吾は伊吹先生の門人たちに、わたしに命を狙われている、と吹聴《ふいちょう》しております。じつに汚《けが》らわしい者です」

美奈は、格之進と佳代を交互に見て、

「わかりました。松田さまに探りを入れてみます」

と、役目を受け入れた。

「よくぞ、申した」

格之進は大きく首肯し、佳代も礼を述べた。

それでも、

「わたくしには、松田さまが悪い人だとはどうしても思えないのです」

美奈は心情を吐露《とろ》した。

すると、格之進は、

「美奈……そなた……そなた、もしや松田を……」

「およしください」

強い口調で否定する美奈に、さしもの格之進も口を閉ざした。

「兄上、くれぐれもご用心ください。佳代さまも、鬼頭さま方の目が光っております。南町奉行所の助けも借りて、兄上と佳代さまを探しだそうとしておるのですから」

美奈は佳代に語りかけた。

「用心いたしますが、すぐには手を出さないと思います。格之進さまがおっしゃった、闇市で得た大金を我が物とし、格之進さまに罪を着せる企みを成就《じょうじゅ》させるまでは」

佳代は同意を求めるように、格之進に視線を向けた。

「わたしもそう思う……そうだ、いっそのこと、鬼頭を斬るか。いや、あいつを斬ったところで、源兵衛は逃げおおせる。それに、強奪品で得た大金の行方もわからぬな」

軽挙妄動《けいきょもうどう》は慎《つつし》もう、と格之進は自分を戒《いまし》めた。

美奈は口を閉ざした。

三

明くる日、通春と藤馬が丸太屋の離れ座敷にいると、お珠が姿を見せた。

「お珠ちゃん、読売になにかおもしろい記事でも出ているかい」

藤馬が問いかけると、

「それがね、南郷家埋蔵金の話、どうもネタ切れみたいなの」

萬年屋の筆は鈍っているのだとか。

「それもね、南郷四天王の正体っていうか美里右京をはじめ、錦絵とあまりにも違うでしょう。いくら絵空事だっていっても、興醒《きょうざ》めした娘が多くてね、娘ばかりじゃないわ。男だって、なんだやっぱり作り話だってわかって、興味を引かなくなったの。埋蔵金なんて、ありはしないだろうって」

お珠は嘆いた。

「いくら読売だって、あんまり実際と違うことを書くと受けないいんだな。種明かしをされてから見る手妻《てづま》みたいなものだものな」

藤馬にしては、うまい例えをした。

「これまでさんざん儲けたんだから、よしとすればよいではないか」

通春は冷めている。

「萬年屋さんはそれでいいだろうけど、わたしはつまらないわ」

お珠は不平を言いたてた。

「なにも、おもしろければいいってことはないよ」

藤馬が諫《いさ》める。

「そういうとんまさんだって、南郷家埋蔵金の話、おもしろがって熱心に読んでいたでしょう」

「そりゃまあ……」

ばつが悪そうに、藤馬は頭を掻いた。

「でもね、萬年屋さん、代わりにすごいネタを仕入れたから、それを記事にするって、張りきっているのよ」

「へ～え、それはどういうネタなんだ」

たちまち藤馬が飛びついた。

「それはね……」

勿体《もったい》をつけ、お珠は言葉を止めた。

「お珠ちゃん、話してくれ。頼むよ」

藤馬の哀願《あいがん》に、お珠は得意げになって、

「じつはね、美里右京って偽者《にせもの》……じゃなくて本物の不細工剣士が、浅草田圃の竹林にある御堂で、軍師の伊吹正二郎と門人の船戸を殺したでしょう。そのあとね、御堂から大八車が出ていったんだって」

語るところによると、大八車には男がふたり、ついていたそうだ。

「それで、その大八車なんだけど、船戸って門人の亡骸《なきがら》を積んでいたんだって」

お珠は言い添えた。

「それじゃあ、伊吹と船戸殺しは、美里ひとりの仕業じゃないってことか」

藤馬は声を大きくした。

コメが藤馬を睨《にら》む。

「そういうことだろう」

小声になって、藤馬はお珠に問いかけた。

「たぶん、美里だけの仕業じゃないのよ」

お珠は首を傾げた。

「すると、美里は角野と一緒にやったのかもしれない。いや、そうとはかぎらないけど……でも、その可能性はある。待ちあわせの刻限に美里が現れず、じつは先に来ていた……角野と鬼頭はそう言っていたけど、本当はどうだったのかはわからないいんですから。そうですよね」

藤馬は通春に判断を求めた。

通春はお珠に、

「萬年屋は、そのネタをどうやって仕入れたのだ。どこまで信頼できるのだ」

「ネタ元は明かさないっていうのが、読売屋の矜持《きょうじ》ですって」

「聞きこみをおこなったのは、南町だな」

「そうですよ」

「読売屋なら、ネタを提供してもらう南町の同心はいるだろうな」

「それはまぁ、そうでしょうけど……」

「通春さま、陰気なようでじつは明るい、塚本八兵衛さんに聞いてみますか」

藤馬の言葉に、そうするか、と通春は答えた。

「じゃあ、わたしはこれで」

さんざんに好き勝手を言いたてたあと、お珠はさっさと出ていった。

「人騒がせですね」

藤馬はお珠がいなくなったのを確かめてから、失笑を漏《も》らした。

「お珠のことは置いておくとして、伊吹と船戸を殺したのが、美里の単独犯行ではないとすると……そして、鬼頭、角野も一緒だったとすると、おれたちは鬼頭にむざむざと騙《だま》されたことになるな」

通春は苦笑した。

「だとしたら、許せませんよ」

「許せんのはあたりまえだが、奴らの狙いが知りたいところだ」

「埋蔵金なんじゃありませんか」

さして考えもせずに、藤馬は答えた。通春の反応がないため、

「やっぱり、埋蔵金はあるのでは……」

藤馬は腕を組んだ。

「さて、どうだろうな」

通春は結論を急がずにいた。

「わたしは、きっとあると思いますよ。鬼頭と角野は、格之進と埋蔵金を奪いあっているんじゃないですかね。それで、競争相手の格之進と伊吹を排除《はいじょ》しようとした、のではありませんか……きっとそうですよ。これで決まりです」

藤馬、得意の早合点である。

「まあ、その可能性はあるがな」

「きっと、そうですよ」

「その、きっと、が判断を誤《あやま》るのだぞ」

語調を強め、通春は戒めたが、

「わかっています。わたしは、しかとした根拠がないかぎり、物事を判断しませんからね」

これを心底から言っているのだとしたら、藤馬は大物だ……通春はそう思案をした。

「そうだ、おまえは塚本さんのところに行け。おれは別をあたる」

「別って、どこです」

「ま、いいではないか」

通春は腰をあげた。

「ちょっと……どこへ行くんですか」

「善《ぜん》は急げだ」

通春はそそくさと出ていった。

コメは、おとなしく見送っていた。主《あるじ》の邪魔はしないといったところだ。

お珠は裏木戸に立ったままだった。

こめかみに指を立て、目をつむっている。具合が悪くなったわけではない。

離れ座敷の、通春と藤馬のやりとりに耳を澄ませているのだ。ここから離れ座敷のやりとりなど、普通ならばわかるはずもないのだが、お珠にかかると丸聞こえなのである。

公儀御庭番たるお珠の、諜報《ちようほう》能力である。

「秘技耳澄まし」という。こめかみに指をあて、耳を澄ませると、異常なまでの聴力を発揮《はつき》するのだ。三十間離れた場所での会話も、手に取るように聞き分けられるのである。

普段、この秘技を使えば、頭の中は雑音だらけとなって、とても暮らせたものではない。「秘技耳澄まし」はあくまで隠密活動の際に、神経を集中させることで力を発揮させる。

通春と藤馬は、鬼頭と角野の行動を再確認するようだ。

そして、通春は独自に動く……。

――通春の動きに気をつけよう。

お珠は、そっと裏木戸を立ち去った。

四

翌日の夕暮れ、店仕舞いの四半刻《しはんとき》ほど前を狙って、通春は小料理屋甚右衛門にやってきた。

「いらっしゃいませ」

美奈の明るい声に迎えられた。

店内は半分ほどの客で埋まっている。

通春は里芋の煮付を小皿に盛りつけてもらい、酒は自分で茶碗に注いで入れ込みの座敷に座った。

店内は相変わらず、若い男たちが中心だ。

美奈の様子を、そっとうかがう。美奈は明るい口調で、客たちとやりとりをしていた。

通春は黙々《もくもく》と飲む。

すっかり賑《にぎ》やかになった店内に、ふと牧野のころの侘《わび》しい情景を重ねる。

すると、意外な男が入ってきた。

近江屋源兵衛である。

美奈は源兵衛に、店内修繕の礼を言った。

源兵衛が、修繕のあとを確かめはじめた。漆喰、板壁、柱……昨日の修繕箇所を指で触りながら、念入りに確認している。職人たちの仕事ぶりに手抜きがあってはならないと、厳しい顔つきである。

ひととおり納得したようで、源兵衛は入れ込みの座敷にあがった。通春が顔を向けると、目が合った。

源兵衛は、にこやかな顔でお辞儀をすると、座敷にあがってきた。通春も受け入れるようにして、黙礼《もくれい》を返す。

源兵衛は酒と青菜を小皿に盛って、通春の前に座った。

「主計頭さま、ここでお目にかかるとは驚きでございます」

源兵衛はお辞儀をした。

「おれもびっくりしたよ。分限者《ぶげんしゃ》が来るような店じゃないものな。もっとも、ここはもともと、近江屋の持ち物だったそうだな。牧野殿に、ずいぶんと安い値で譲ったとか」

「無償で差しあげるつもりだったのですが、牧野さまはどうしてもご承知くださらず、十両でお譲りしました。あばら家ですので、かえって申しわけなくて、せめて修繕はさせていただいておる次第です」

修繕痕の確認の様といい、源兵衛の牧野への感謝には、並々ならないものを感じる。

「修繕のとき以外にも、よく来るのか」

「牧野さまが営んでおられたときに何度か、美奈さまが受け継がれてからは、二度目ですな。お邪魔はしてはならないと心得ております」

通春はどうなのだと、目で問うてきた。

「おれは、牧野殿がやっておられたときに気に入ってな。それから、ちょくちょく通っておる」

通春は酒を飲んだ。

「たしかに、ここは気に入れば通いたくなります」

源兵衛も賛同した。

「牧野殿とは、南郷家改易後も会っておったのか」

「さようですな」

「なにか特別な用向きがあったのか」

「じつは、ございました」

源兵衛は口調をあらためた。

通春は黙って、話の続きをうながす。

「先だって鬼頭さまに預けました五百両相当の金の延べ棒について、ご相談申しあげておったのです」

「藩札発行の担保《たんぽ》であったのだから、近江屋が所持しておればよいのではないのか」

　通春は訝しんだ。

「さようですが、手前は御家老さま、あ、いえ、ついつい御家老さまとお呼びしてしまいますが……牧野さまに、五百両相当の金塊《きんかい》を役立てていただこうと思ったのです」

「役立てるとは……」

「南郷家を離れた方々のなかには、暮らしに窮《きゅう》しておられる方もおられましょう。ですから、金の延べ棒を牧野さまにお返しする、と申し出たのです」

「藩札を引き受け大赤字であっただろうに、そのうえ、金の延べ棒を南郷家の旧臣たちのために供《きょう》するとは、見あげた善行《ぜんこう》ではないか」

　通春は目を凝らした。

　それほどのものではありません、と源兵衛は頭を掻いた。

　次いで、

「南郷家のみなさま方にはお世話になりましたから、ほんの恩返しのつもりでございます。ことに牧野さまには、よくしていただきました」

牧野が紙屑同然の藩札をできるかぎり買い戻してくれたことの感謝を、源兵衛はいまだに感じているようであった。

「ですから、美奈さまのお暮らしにも、つい気を遣ってしまいます。できましたら、こうしたお店を営むのはやめていただけないか、とすら思っておるのです」

そのために、この店を買い戻したいのだと、源兵衛は語ってから、

「主計頭さまから、説き伏せていただけないでしょうか」

と、頼んできた。

「美奈殿に、店を閉めるよう頼めと……」

笑顔を絶やさず接客に努める美奈を横目に、通春は問い返した。

源兵衛はうなずき、

「牧野さまがお亡くなりになり、美奈さまはこのお店を守ろうとけなげに働いておられます。ですが、こうした店というものは、女手ひとつで営むのは大変でございます。お酒が入ると、客のなかには諍《いさか》いを起こす者もおりましょう。美奈さまに言い寄る、不届きな輩《やから》もおりましょう。きっとこの先、美奈さまは苦労なさいます」

美奈の身を案じ、源兵衛は言いたてた。

「おれから、店をそなたに譲るよう頼んでくれ、と申すのだな」

通春の言葉に、

「お願いいたします」

くどいくらいに繰り返し、源兵衛は帰っていった。

すると、

「なんだ、虫が入っているじゃねえか」

客のひとりが騒ぎだした。

着物の前をはだけた、いかにもやくざ者といった男である。男は呂律《ろれつ》が怪しく、相当に酔っている。

「そんなはずは……」

美奈は戸惑った。それを見て、男はいきりたった。

「謝れ、銭を返せ」

立ちあがり、男は美奈に詰め寄ろうとした。さっと通春は腰をあげ、男に足払いを食らわせる。男は倒れ、酔眼《すいがん》を通春に向けた。

通春は茶碗を取りあげ、

「虫なんぞ、入っておらぬ。おまえの鼻くそだ」

男の襟首《えりくび》をつかむと、顔面に平手打ちをかましました。目をむきながらも通春が侍だと気づくと、男はそそくさと出ていった。

「ご面倒をおかけしました」

美奈は丁寧にお辞儀をした。

「性質の悪い酔っ払いは、ほかの客にも迷惑だ。今日はこの辺で、店仕舞いにしたほうがいいのではないか」

通春が勧めると、

「はい、そういたします」

美奈も受け入れ、客たちに閉店を告げた。客たちも、酔客が絡《から》んだのを目のあたりにして潮時《しおどき》だと自覚したのか、美奈の求めに応じて帰っていった。

「このところ、悪酔いのお客さまがいらして、さきほどのように文句をつけられることが多くなりました」

美奈の話は、源兵衛の危惧《きぐ》を裏づけるものだった。

「商いに邪魔だな」

通春は同情を感じた。

「松田さまのように、親切なお客さまが取りなしてくださることもあれば、いただいたお金をお返しして、帰ってもらうこともあります。それから……所場代を寄越せと、やくざ者が乗りこんできたりもするようになって。父のころには、取り立てにこなかったのに、わたくしを女だと馬鹿にしておるのです」

聞けば聞くほど、女ひとりの商いがいかに大変か、思い知らされる。やはり、源兵衛に買い戻してもらったほうがいいのではないか。

「すみません。愚痴《ぐち》を並べてしまいました。くじけてはなりませんね」

笑顔を取り繕《つくろ》い、美奈は暖簾を取りこんだ。

すっかり暗くなっている。

「日が短くなりましたね」

と、言ってから美奈は、

「毎日、言っているのですけど……」

照れ笑いを浮かべた。

「夜道となった。ご自宅まで送ろう」

通春が申し出ると、

「どうぞ、ご心配なく……」

美奈は遠慮したものの、通春が送ると繰り返すと、すんなりと受け入れた。

美奈を送り、観念寺の草庵へと着くと、

「お茶でも飲んでいってください。それとも、お酒のほうがよろしいですか」

美奈に言われ、通春はお茶を頼んだ。

囲炉裏端に座る。行灯の淡い灯りが、気分を和《なご》ませてくれる。美奈が淹《い》れたお茶を飲み、気分を落ち着かせた。

「あのような酔っ払いがおっては、店はやりにくかろう」

おもむろに通春は切りだした。

「お酒を扱っておりますからには、しかたがございません」

美奈は笑みを浮かべ答えた。

「そうであろうが、冥途《めいど》のお父上は心配なさっておるのではないか」

「父は、くじけるな、と叱咤《しった》しておるものと存じます」

牧野から受け継いだ店を守ることが、供養だと思っているようだ。

「腹を割るが、じつはさきほど、近江屋源兵衛からあの店を買い戻したい、ついては美奈殿を説得してくれ、と頼まれたのだ」

さっそく、通春は本題に入った。

「父の生前から、そのような申し出があります。あの店を百両で買いたい、と」

広くもない店内、しかも老朽化《ろうきゅうか》が進んだ建物とあって、霊岸橋の袂という好立地を考慮してもせいぜい五十両ほどの値打ちしかない、と美奈は言い添えた。

「源兵衛は、牧野殿には世話になったから、せめてもの恩返しだ、と申しておったが」

通春は返した。

「それはありがたいのですが、わたくしはあの店を売りたくはないのです」

決意のこもった目で、美奈は通春を見返した。

「しかし、酒を置く店というのは、美奈殿も申したように性質《たち》の悪い酔っ払いが諍いを起こし、近頃ではやくざ者が所場代を取りたてにくるのだろう。これ以上、無理を……」

通春の説得が終わらないうちに、

「お守りください」

美奈は瞳を潤《うる》ませて訴えた。

「むろん、おれが店におる間は……」

戸惑い気味に通春は返すと、

「お店だけではなく……わたくしを……」

美奈はせつなげに、言葉を途切れさせる。

「……それは……」

通春も言葉を呑《の》みこむと、

「申しわけございません。身勝手なことを申しました。わたくし……なにを考えているのかしら……松田さまは御家人さまですものね。はしたないことを……どうぞ、お忘れくださいい」

三つ指をつき、美奈は詫びた。

「いや、気にしなくてもよい」

通春はもう一度、源兵衛に店を売ってはどうかと勧めようとしたが、

「松田さまは、父のころより、お店を気に入ってくださりました。なぜ、あんなうらぶれた店を気に入ってくださったのですか。父が亡くなってからも、変わらず贔屓《ひいき》にしてくださいますが」

美奈は小首を傾げた。

「うまく説明できぬが、あの店で飲んでおると、とても落ち着くのだ」

「それだけですか……」

美奈は問いを重ねた。

その思いつめたような表情を見ると、いいかげんな答えでは済まされそうになかった。

五

通春は、店の売却に話題を戻した。

「美奈殿、おれは、源兵衛の考えに賛成だ。店を無理して続けることはないと思う。源兵衛の申し出を受け入れ、店を買ってもらったらどうだ。源兵衛の腹は、百両を上乗せしてもいいように思える」

「何度も申しますが、わたくしは売る気はないのです。それより、松田さま、どうして店に通ってくださるのですか」

美奈は繰り返し問いかけた。

「だから……」

居心地がいいことに加え、牧野格之進の行方が気になる。南郷家埋蔵金は偽り《いつわ》としても、南郷浪人の動き、その中心人物としての格之進の動きを確かめたい。

牧野甚右衛門と伊吹正二郎、船戸平太の死を、格之進は耳にしているのだろうか。知ったとしたら、美奈を訪ねずにはおれないだろう。

「松田さま、鬼頭さまと角野さまと一緒に、なにか探っておられるのではありませぬか」

美奈の表情が硬くなった。

内心を見透かされ、通春は小さな驚きを覚えた。美奈は自分に、不審感を抱いている。

「はっきりと、おっしゃってください。松田さまは、兄の格之進を探しているのではないのですか」

思いつめたように美奈は問いかけた。

「格之進殿を……」

思いがけない態度の変化に、

「なにを申される」

つい強い口調となってしまう。

「松田さまは、鬼頭さまや角野さまとともに、兄を悪者に仕立てようとしておられるのではないのですか」

激情に駆られ、美奈の口調は上ずった。

「美奈殿……いかがされた。落ち着かれよ」

通春は美奈を諭《さと》した。

それでも、美奈は両目を見開いている。

そのとき、奥の襖ががらりと開いた。

六

お珠は通春を追って、小料理屋甚右衛門近くの柳の木《こ》陰《かげ》にひそんでいた。町娘の格好ではなく、黒覆面《くろふくめん》に黒装束という忍びの格好で、闇に溶けこんでいる。

半刻ほどして、近江屋源兵衛が出てきた。

すると、

「へへへ……旦那《だんな》」

と、やくざ風の男が、源兵衛に近づいた。

「あら……」

お珠は「秘技耳澄まし」を駆使《くし》し、通春が店に入ってからのやりとりを聞き取っていた。あのやくざ者は、酒に虫が入っていたと言いがかりをつけた男だ。

その男が……。

「そら、取っとけ」

源兵衛は財布から、小判を一枚取りだした。箱行灯の淡い灯りに、山吹色《やまぶきいろ》の輝きが放たれ、男の相好《そうごう》が崩れる。

「ありがとうございます。また、いつでも声をかけてください。昼間だって、所場代を寄越せって押しかけてやりますんで」

男はぺこぺこ頭をさげて、去っていった。源兵衛は、にやりとしている。人の好い商人といった風貌《ふうぼう》はなりをひそめ、ぞっとするような悪党面《づら》である。

さきほどの言いがかりは、源兵衛がやらせていたのだ。美奈はこのところ、悪酔いする客と所場代を要求するやくざ者がいる、と通春に話していた。

それらも源兵衛の仕業だろう。

なんのために、そんなことを……。

おそらく、美奈に甚右衛門を続けさせないためだ。

源兵衛はぜがひでも、この店を買い戻したいのだろう。

善意からではない。大金を払ってでも買い戻すだけの利があるに違いない。

源兵衛が歩きだすと、お珠は尾行《びこう》をはじめた。気づかれないよう、夜道ながら源兵衛とは距離をとった。こめかみに指をあて、耳に神経を集める。

「秘技耳澄まし」を活用し、源兵衛の足音を聞き分ける。


果たして、源兵衛は八丁堀《はっちょうぼり》にある、鬼頭三右門の診療所へと入っていった。

小料理屋甚右衛門からは、四半刻とかからない。

八丁堀は、南北町奉行所の与力・同心の組屋敷が軒《のき》を連ねている。屋敷内を診療所や稽古所《けいこじょ》に貸している与力同心は珍しくはない。借りるほうも八丁堀与力、同心の屋敷とあって治安がよく、安心なのだ。

源兵衛は、鬼頭とつながっているようだ。

お珠は診療所の裏庭にまわると、庭の植込みにひそんだ。庭に面した座敷には、鬼頭と角野が待っていた。

「ご苦労であるな」

鬼頭は源兵衛を迎えた。

角野も、期待のこもった目を向ける。

「美奈さまは頑固《がんこ》ですな。牧野さまの血を受け継いでおられますぞ」

源兵衛は言った。

「譲らぬか」

鬼頭が渋面《じゆうめん》を作る。

「はい、困ったものです」

「値をつりあげたらどうだ……あ、いや、無駄であろうな」

鬼頭は、美奈は金では動かないだろう、と言い添えた。

「ならば、いっそのこと、力づくでやりましょうぞ。わしにやらせてくだされ」

角野は申し出た。

「どうするのだ」

鬼頭が問う。

「火を放つのです」

事もなげに角野が答えると、

「馬鹿な……あんな小さな家、火を放てば類焼《るいしょう》に及ぶぞ。それでは面倒なことになる」

顔を歪《ゆが》め、鬼頭は却下した。

「それに火はいけませぬ」

源兵衛は戒めるような言い方をした。

鬼頭はうなずき、

「そうだ。火はいかぬ」

「そうでしたな。金は火に溶けだしてしまいますな」

角野は自分の頭を掻いた。

「しかし、早くせねば、いずれ美奈殿に気づかれてしまう」

一転して、鬼頭は危ぶんだ。

「美奈さまには気づかれないと思います」

「娘だからと油断するな。牧野殿は、どうにかごまかすことができた。それは、あの御仁《ごじん》が夕暮れ以降しか店に出なかったからだ。店の中は薄暗い。しかし、美奈殿は、昼から店に出ておる。あのぼろ家、漆喰などが崩れかかり、板敷も傷んでおる。そのうち、秘匿《ひとく》した金があらわになるのも時の問題だ」

鬼頭が危惧を示すと、

「それゆえ、手前が大工や左官屋をやって、補修させておるのです。金の薄板が目につかぬようにです。まさか、あんなあばら家に闇市で得た五千両相当の金が隠されておるなど、お釈迦《しゃか》さまでも気づきません。毎年の御公儀勘定所の検めからも逃れてきたのです」

　源兵衛は誇らしげに胸を叩《たた》いた。

「それでも、所詮《しょせん》は一時凌ぎであるのは否《いな》めない。公儀とて馬鹿ではない。御庭番を動かし、本気で探索に乗りだしてきた。早いところ、江戸の外に持ちだすにかぎる」

　鬼頭の言葉に、角野は唇を嚙む。

　すると源兵衛が、

「おもしろいことがあります」

と、言った。

　鬼頭と角野は、同時に見返す。

「松平主計頭さまは、牧野さまが営んでおられたころからの、店のご常連でございます」

「存じておる。なにが楽しくてあのようなむさい店に通うのやら。貴人には物珍しいのかもしれぬがな」

　鬼頭は声をあげて笑った。

「その通春さまに、美奈さまの説得にあたっていただくよう、お頼みしました」

源兵衛が言うと、

「通春さまは引き受けてくださったのか」

鬼頭は意外な顔をした。

「お引き受けくださいました。あのお方なら、美奈さまを説得できるかもしれませぬ」

源兵衛は、鬼頭と角野に期待を抱かせた。

それでも、

「そうであればよいのだが」

鬼頭は首をひねった。

「それに、格之進殿も気になりますぞ」

そこで角野は、格之進の話題を持ちだした。

「格之進殿は、江戸に戻っておらぬかもしれぬではないか」

鬼頭の楽観的な見通しに、

「船戸の女房、佳代の行方も知れず、のんびりとかまえておる場合ではござらんぞ」

焦《あせ》りを示す角野を、

「焦ってもしかたがなかろう」

鬼頭は諫めた。

「ともかく、通春さまにお任せしたのですから。大事なことは、騒がないことです。騒げば、場所柄《がら》、耳目《じもく》を集めます。そうなれば、御公儀の知るところとなりましょう。せっかくこれまで辛抱《しんぼう》したのです」

源兵衛は言った。

「だがな、機を逸《いっ》すると、すべてを失うのだ。ここは強硬な手段をとるべきだと思うぞ」

角野は強く言いたてた。

源兵衛は困ったような顔を、鬼頭に向ける。

「では、期日を区切る。五日以内に……」

「五日では遅い。明日です。源兵衛が申したように、美奈殿は牧野殿の血を受け継いだ一徹者、通春さまが今日説得できなければ、いくら時をかけても、色よき返事はくだされませんぞ」

角野が反対すると、鬼頭はさらに迷ったようだ。

「そうじゃのう……」

「明日中です」

さらに角野は、強い口調で釘《くぎ》を刺した。

ようやく決心がついたか、鬼頭は深くうなずくと、

「源兵衛、妙案はあるか」

源兵衛は考えこんでいたが、

「ひとつ、手がございます」

と、言った。

角野が半身を乗りだす。

「本格的な修繕を持ちかけます。あの家はかなり古いですから。あちらこちらがたがきているのはあきらか。それを、修繕という名目で店を解体するのです」

源兵衛の考えに、

「それはいいかもしれぬな」

鬼頭は受け入れ、角野を見た。

「なるほど、なにもあの店を丸ごともらう必要はないのか。壁、板敷、柱さえあればよいのだ」

角野も納得した。

「運びだした板壁や柱、梁《はり》はどうする」

鬼頭が問いかけると、

「妖怪屋敷に持っていきます。幸い、使っておったお旗本母子は、お盆前に出ていかれ、無人です。あそこなら、埋蔵金を捜されることはありません。なにしろあそこには埋蔵金がなかったのだと、一度明白になったのですからな」

源兵衛は言った。

「絶対に怪しまれぬということだ」

鬼頭も、しめしめとうなずいた。

「いよいよ、金にお目にかかれますぞ」

源兵衛は両手をこすりあわせた。


そこまで聞き終えると、お珠はそっと植込みを離れた。

思わぬところで、悪党たちの企みがわかった。

さて、どうやって通春に報《しら》せようか……。

七

襖が開き、男が出てきた。

がっしりとした体格の武芸者然としており、美奈に似た風貌だ。

「格之進殿か」

通春の問いかけに、

「牧野格之進だ」

ぶっきらぼうな返事をすると、格之進は囲炉裏端にどっかと座った。

美奈が通春を、御家人の松田求馬と紹介した。

「父や美奈が世話になり、お礼を申しあげる」

格之進は一礼した。

通春は会釈《えしやく》をして、

「格之進殿、埋蔵金にまつわる南郷浪人蠢動の黒幕なのか」

ずばり問いかけてきた。

「埋蔵金だの御家再興だの、いかにも読売が書きたてるような絵空事……そんなものに、拙者は加わる気はない」

言下に、格之進は否定した。

「ならば、自分は関係ないとあきらかになされよ」

通春の勧めに、格之進は表情を険《けわ》しくした。

「鬼頭らに味方しておるとは、松田殿は、どのようなお立場なのかな。御家人の身で、今回の騒動にかかわるとは解せぬ。そなた、公儀御庭番であろう」

やおら、格之進は立ちあがり、大刀を抜いた。

美奈も腰をあげ、格之進の前に立った。

「兄上、おやめください」

「どいておれ」

格之進は美奈をどかせ、大刀の切っ先を通春の鼻先につきつけた。

「答えよ、公儀御庭番であろう」

「おれは御庭番ではない。だが、鬼頭たちを手助けしておるのは事実だ。鬼頭が申す、牧野格之進が南郷浪人を扇動し、御家再興に事寄せた陰謀を企てておる……江戸市中で打ち壊しをおこない、金品を略奪するつもりだという話がまことかどうかを確かめるためだ。おれは真実が知りたい」

通春は、格之進の視線を受け止めながら答えた。

「真実は、埋蔵金もなければ、南郷浪人を結集した企てもない」

格之進は甲走《かんばし》った声を発した。

「ならば、なぜ鬼頭らは格之進殿を、南郷騒動の中心としたがるのだ」

「あ奴らは、金に目が眩んでおるのだ。埋蔵金などは絵空事に過ぎないが、ただ、南郷家改易のどさくさにまぎれ、麓山城からずいぶんと金品が強奪された。小判はそれほどでもないが、土蔵にあった武具、刀剣、骨董の類《たぐい》だ」

品々は改易の足元を見られて安く買い叩かれたり、強奪同然に持ち去られたりした。

「強奪された品々は江戸に持ちこまれ、値打ちがあがった。南郷家は陸奥の古い国人領主であることから、南郷家所縁《ゆかり》の品々を求める好事家が現れた。ちゃんと買い取った品ばかりか、奪い去った品々も、闇市で取り引きがされたようだ。その闇市を仕切っておったのが、近江屋源兵衛だ」

格之進は憎々しそうに唇を歪めた。

「そのことを牧野殿はご存じだったのか」

「父は藩札で源兵衛に迷惑をかけたと思っていたから、源兵衛が儲けるのを黙認していたのだ。源兵衛は図に乗って儲けおった。しかし、公儀が南郷家の隠し金山や埋蔵金を探索しはじめた。探索の手は、近江屋にも伸びた。そこで、源兵衛は得た強奪品で儲けた金を、どこかに隠したのだ」

「どこにだ」

「わからぬ。それが、いつしか埋蔵金話と重なり、南郷家埋蔵金がひとり歩きをするようになったのだ。そして、源兵衛と鬼頭は絵空事の埋蔵金話に便乗し、闇市で得た大金を江戸から持ちだそうとしておる、とわたしは考える。埋蔵金は牧野格之進が奪い取っていった、と仕立てるのだろう」

そこまで語って、格之進は大刀を鞘《さや》に納めた。

「よし、企ての絵図はわかった。それにしても、狡猾《こうかつ》な連中だ」

通春は歯噛みした。

そこへ、

「ご免くださいまし」

と、源兵衛の声がした。

美奈は、格之進と通春を見た。

「とりあえず話を聞いてくれ」

通春が言うと、格之進もうなずき、ふたりは奥の部屋に移った。

「いま開けます」

声をかけてから美奈は板の間をくだり、戸口に歩いていき心張《しんば》り棒《ぼう》を外した。

「夜分、畏《おそ》れ入ります」

辞を低くして、源兵衛は入ってきた。

美奈がお茶を出そうとするのを、やんわりと断り、次いで、夜分だから立ち話で用件のみ伝えると言って、

「じつは、修繕を任せた大工と左官屋から、痛みがひどいので急いで建て直したほうがいい、と言われたのでございます」

と、早口に語った。

「まあ、そんなにも傷んでおりますの」

美奈が驚きを示すと、

「ご心配なく。費用は手前が持ちます。幸い、解体して、新しい壁や柱、梁などを新しい物と替えるだけです。時は要しません。明日にもできます」

有無を言わせない勢いで、源兵衛はまくしたてた。急な話に美奈が戸惑い、返事ができないでいると、

「建て替えましたら、どうぞ、そのままお気の済むまで、お店を営んでください。性質の悪い酔っ払いや、やくざ者は、真新しい構えの店には寄ってこないものです。客筋がよくなりますからね。手前も安心して、美奈さまにお店を続けていただけます」

源兵衛は満面の笑みで強く勧めてきた。

それで美奈は黙っていたが、

「では、明日のお昼に職人を向かわせますので……夜分、お邪魔いたしました」

了解を取ったものと勝手に決めて、源兵衛はくるりと背中を向け、戸口に向かった。

「あの……古い柱や壁、梁はどうするのです。ご近所にご迷惑が……」

追いすがって美奈が問いかけると、

「手前の寮……通称妖怪屋敷に運ばせますので、ご心配なく」

振り返りもせず源兵衛は答えると、そそくさと戸口から出ていった。

美奈は戸を閉め、心張り棒を掛けた。

奥から、通春と格之進が出てきた。美奈が戸惑いの目を向けると、

「源兵衛、こんな夜更《よふ》けになんの用かと思ったら、建て替えだと……なにを考え

ておるのだ」

格之進も首をひねった。

通春も訝しみながら思案をめぐらせ、

「これはきっと裏がある……さきほど、源兵衛は修繕のあとを、それはもう入念に検めていた。そのうえで、大丈夫だと美奈殿に請《う》けあった。その舌の根も乾かぬうちに、痛みが激しいので早急に建て替えが必要とは……そうか！」

と、源兵衛の狙いが読めた。

「闇市で得た五千両相当の金は、甚右衛門に隠してあるのですよ。壁や柱、梁に埋めこんであるのだ。だから、年に何度かばれないよう修繕を繰り返してきた。それが、いよいよ江戸から持ちだそうと、回収に出たのだ。美奈殿から買い戻そうとしたが、応じないため、建て替えという手段に出たというわけだ。解体した壁や柱、梁は妖怪屋敷に運ぶと申しておったから、妖怪屋敷で金を取りだすつもりであろう」

通春の推論に、格之進も賛同した。

美奈も納得はしたが、

「あの、どうすればよろしいのでしょう。近江屋さんは明日の昼にも、お店を建て替えてしまいます」

と、訴えかけた。

「やらせればいい」

通春は、格之進に視線を預けた。

「そうだ、美奈、やらせろ」

格之進も応じた。


草庵のそばの闇で、お珠は源兵衛と美奈、その後の通春や格之進の会話を聞いていた。

「よかった」

お珠は胸を撫《な》でおろした。

どうやら通春も、源兵衛の企てを見抜いてくれたようだ。

あとは、密命将軍・松平通春公にお任せしよう。

八

明くる日の夜、通春と藤馬は近江屋の寮、通称妖怪屋敷へとやってきた。めぐらされた竹林に分け入り、足早に進む。

屋敷内には盛大に篝火《かがりび》が焚《た》かれ、賑やかな宴が催《もよお》されていた。小料理屋甚右衛門を解体して持ち帰った板壁、柱、梁から、五千両相当の金の回収に成功し、源兵衛や鬼頭、角野らは浮かれ騒いでいる。

解体普請《ふしん》に携《たずさ》わった二十人ばかりの大工、鳶職《とびしょく》たちも、末席に連なっておこぼれに与《あずか》っていた。

毛氈《もうせん》には、山海《さんかい》の珍味《ちんみ》や清酒《せいしゅ》が用意され、芸妓《げいぎ》が酌《しゃく》をし、囃子方《はやしかた》の芸人も加わって音曲《おんぎょく》が奏《かな》でられている。警固も怠《おこた》りなく、大勢の浪人ややくざ者が巡回していた。

ふたりは、竹林から抜け出た。

通春は、白絹地《しろぎぬじ》にあざやかな石楠花《しゃくなげ》の花を描いた小袖《こそで》に、空色の袴《はかま》、腰には妖刀村正《ようとうむらまさ》を差し、手には扇《おうぎ》を持っている。

夜風に長い睫毛《まつげ》が揺れ、切れ長の目が涼しげだ。淡い紅の花を咲かせた石楠花は、見ごろの時節は過ぎているものの、通春の凜々《りり》しさにぴったりとし、高嶺《たかね》の花を思わせる。

横で片膝《ひざ》をついた藤馬が、龍笛《りゅうてき》を吹きはじめた。

龍笛は雅楽《ががく》で奏する横笛で、舞い立ちのぼる龍の鳴き声のようだと称される。意外にも藤馬は、龍笛の名手である。浅黒くてごつい顔が、それなりにやわらかになり、典雅《てんが》な音色《ねいろ》を響かせた。

流麗《りゅうれい》な笛の音に合わせ、通春は扇を広げ、舞いを披露する。黄金地《こがねじ》に葵《あおい》の御紋《ごもん》が、紺地《こんじ》で描かれている。

すらりとした通春の舞いは、男も女も見惚《みと》れるほどに華麗《かれい》だ。馬鹿騒ぎをしていた者たちも、突然現れた貴公子然とした闖入者《ちんにゅうしゃ》に視線を向け、うっとりとなった。

が、篝火に揺らめく通春に、近江屋源兵衛が気づき、芸妓を侍らせご機嫌な鬼頭に耳打ちをし、通春を指差した。

鬼頭は酔眼を指差す方向に向け、

「おお……あれは、通春さま……」

と、首をひねった。

どうしてここに通春がいて、舞いを披露しているのか、と困惑している。加えて、藤馬が不似合いな龍笛を吹いていることにも首を傾げる。

杯を重ねていた角野も気づき、口を半開きにした。

通春は舞いを止め、三人に向いた。

藤馬も龍笛を口から外し、懐中に忍ばせると、さっと立ちあがるや大音声《だいおんじょう》で告げた。

「そのほうら控えよ！　このお方をどなたと心得る。畏《おそ》れ多くも、徳川家御家門衆にして天下の密命将軍、松平主計頭通春さまなるぞ！」

大工、鳶職、芸妓、幇間《ほうかん》たちは、狐《きつね》につままれたような顔をしていたが、

「は、はあっ！」

ひとりが額を地べたにこすりつけると、それに倣《なら》ってみないっせいに土下座《どげざ》をした。さらには、警固中の浪人、やくざ者も平伏する。

源兵衛や鬼頭、角野も両手をついたが、

「通春さま、これは飛び入りの余興でござりますかな」

鬼頭が腰をあげ、にこやかに問いかけた。

通春は扇を閉じ、帯に差すと、

「招かれざる客であろうが、余興ついでにおまえたちの悪事を暴きたて、成敗してくれるぞ」

と、凛《りん》とした声音で言い放った。

「なんのことでございましょう」

源兵衛も顔をあげた。角野も不本意を示すように、勢いよく立った。

「おれから話さなくともわかっておろう。南郷家埋蔵金に偽装《ぎそう》した金の強奪だ。南郷家、麓山城の土蔵から奪った武具、刀剣、書画、骨董の類を、江戸の闇市で売りさばいて得た五千両相当を金の薄板にし、甚右衛門の柱、壁、梁に隠した。近江屋源兵衛、親切ごかしで甚右衛門を解体し、この屋敷に持ちこんだな。このちは、罪を牧野格之進になすりつけ、江戸の外に運びだすのだろう」

通春が語り終えると、

「悪党、おまえらの悪事はお見通しだぎゃあ！」

藤馬は名古屋訛《なま》り混じりに怒声《どせい》を放った。

鬼頭は不敵な笑みを浮かべ、

「通春さま、読売も顔負けの絵空事でございますぞ。いっそ、草双紙《くさぞうし》の作者におなりになればよろしかろう」

角野も声を放って笑った。

すると、

「とぼけるな！」

母屋《おもや》の陰から、格之進が現れた。紺の道着を身に着け、腰に大小を差し、両手で板を頭上に掲げている。甚右衛門の壁の一部のようだ。

「見よ！」

格之進は板を宙高く放り投げ、腰の大小を抜き放った。

左手に大刀、右手に小刀である。

直後、板の落下点に立つ。

大刀と小刀を顔の前で交差させると、格之進は大小を八文字に振るった。

板壁はバラバラに切り刻まれ、金粉が舞い、薄板が飛び出た。

「おのれ……ここにおるは曲者じゃあ。無断で屋敷に押し入った不届き者ぞ。かまわぬ、殺せ！」

鬼頭が叫《さけ》びたてる。

角野も抜刀《ばっとう》し、浪人とやくざ者をけしかけた。

「とんま、思う存分、暴れようぞ」

通春は大刀を抜いた。

藤馬もかっと双眸《そうぼう》を見開き、抜刀する。

ふたりは敵の真っただ中に斬りこんだ。

浪人といわずやくざ者といわず、向かってくる者には刃を振るう。

「怪我したくなかったら、逃げよ」

通春は、大工、鳶職、芸妓、幇間に声をかけた。彼らは泡を食って逃げ去る。

藤馬は生き生きとなって、刃を振るう。

「やったるがや！　どっからでも、かかってくるがや！」

絶好調となり、敵を蹴散《けち》らしてゆく。

格之進は角野と対峙《たいじ》した。

角野は懐中から、鎖鎌《くさりがま》を取りだした。錦絵や読売で描かれている手練れの武芸者というのは、まるで絵空事でもないようだ。

鎖をぶんぶんと、振りまわす。分銅《ふんどう》が夜風を切り裂いた。

格之進は大小を眼前で交差させたまま、角野の動きを見据《みす》える。

じりじりと、角野は間を詰めてゆく。

一方、格之進は微動だにしない。

角野は格之進との間を計り、鎖を投げた。

分銅が、格之進の顔面を襲う。

すばやく、格之進が右手の小刀で顔を守った。鎖は白刃に巻きついた。分銅が蛇《へび》の頭のようだ。

角野は鎖を引き寄せる。

大魚を網《あみ》で捕えた漁師のように、喜びの笑みを浮かべていた。尖《とが》った顎が揺れ、三日月のような顔が際立った。

格之進は逆らうように両足を踏ん張っていたが、じりじりと手繰《たぐ》られはじめた。

「首を刎《は》ねてやる」

ちらっと角野は、月光に煌《きら》めく鎌を見た。

「たわけが！」

格之進は大音声と同時に、小刀を放り投げた。

角野は大きくよろめく。

間髪《かんはつ》いれず、格之進は角野に向かって突進すると、

「南郷二刀流、炎返し！」

裂帛《れっぱく》の気合いとともに、左手の大刀を下段から斬りあげた。

角野は鮮血を噴きあげながら、仰向《あおむ》けに倒れた。

通春は村正を大上段に振りかぶり、鬼頭に迫る。

「お許しくだされ……」

鬼頭は顔を引きつらせ、通春に許しを請《こ》うた。丸めた頭に汗を滲《にじ》ませ、貧相な面差しが際立っている。

「そこへ直れ」

落ち着いて通春は命じた。

大刀を捨て、鬼頭はひざまずいた。

通春は大刀をおろす。

と、鬼頭は帯に手をやった。

篝火を受け、卍手裏剣《まんじしゆりけん》が煌めいた。

鬼頭が両手を使って、手裏剣を飛ばしたのだ。

手裏剣は唸《うな》りをあげながら、凄《すさ》まじい回転で通春に襲いかかる。

動ずることなく通春は、村正で手裏剣を叩き落とす。

いつの間にか、藤馬が横に来ていた。

「とんま、まいるぞ」

通春は静かに告げた。

ふたたび藤馬は、龍笛を吹きはじめた。

黄金の扇を拡げ、通春は夜空に向かって放り投げた。引きこまれるように、鬼頭は手裏剣を扇に向かって投げつける。

手裏剣はかすりもせず、扇はひらひらと月夜を舞い、黄金色の花を咲かせた。

扇の輝きに目が眩み、鬼頭はよろめいた。

すかさず、通春は鬼頭の懐《ふところ》に飛びこむと、眉間に峰打ちを食らわせた。

鬼頭は前のめりに倒れ伏した。

藤馬は舞い落ちる扇の要《かなめ》を、額で受け止めた。

金色に輝く扇、紺地の葵の御紋が、周囲を睥睨《へいげい》した。

ひときわ甲高《かんだか》い龍笛の音色が、冴《さ》え冴えとした月に吸いこまれた。

「ご勘弁ください」

源兵衛は格之進の前で、両手を合わせていた。

格之進は通春に向いて片膝をつき、

「将軍家御家門、松平主計頭通春さまとは存ぜず、数々のご無礼をせしこと、平にご容赦ください」

と、深々と首を垂れた。

「無礼なんか働かれた覚えはないよ。それより、これで南郷家の亡霊を退治《たいじ》でき、お父上の仇を討てたな」

通春は村正を鞘に納めると、牧野甚右衛門の冥福《めいふく》を祈った。


鬼頭三右衛門や近江屋源兵衛の悪謀《あくぼう》が粉砕《ふんさい》され、暦《こよみ》は葉月《はづき》十五日を迎えた。抜けるような青空には、鱗雲《うろこぐも》が光り、さわやかな秋風が吹いている。

いまだ読売は、南郷家埋蔵金騒動をこぞって書きたてていた。南郷家改易のどさくさにまぎれ、強奪した品々を売って得た大金を埋蔵金に仕立てた陰謀を、読売屋は、おもしろおかしい読み物に仕立てていたのだ。

近江屋源兵衛と南郷四天王、鬼頭三右衛門、角野大吾を悪の権化《ごんげ》として描き、彼らの犠牲となった牧野甚右衛門の息子・格之進が妹の美奈と手を携え、艱難辛《かんなんしん》苦《く》の末に悪を退治する物語と化している。

錦絵、草双紙も売られ、格之進は古今無双《ここんむそう》の勇者、美奈は可憐《かれん》な娘に描かれている。また、萬年屋などは南郷家埋蔵金騒動の前日談として、

「牧野格之進回国記」

なる草双紙を刊行した。回国修行の先々で遭遇《そうぐう》した悪党や妖怪を、格之進が退治する読み物である。

丸太屋の離れ座敷では、飽きもせずお珠が読売や草双紙を持ってきては、熱心に話している。

通春も藤馬も生返事をし、話を合わせていたが、

「実際の格之進さんと美奈さんは、どうしているんだろうね」

と、藤馬が言った。

待ってましたとばかりに、お珠は答えた。

「格之進さまは、御公儀から報奨金《ほうしょうきん》百両を下賜《かし》され、道場を開いたそうですよ。連日、入門希望者が押し寄せているんですって。美奈さんは小料理屋を大きくして、これも繁盛しているとか」

美奈は船戸の未亡人、佳代と一緒に、小料理屋を再開したそうだ。女中も何人か雇う盛況ぶりであった。

「めでたしめでたしってわけか。でも、格之進さんも美奈さんも有名になって、大変だろうな」

藤馬が案ずると、

「人の噂も七十五日だ。ましてや、江戸の者は新しいもの好き、移り気だ。そのうち、落ち着くさ」

通春が言い、それに賛成するようにコメが鳴いた。

そうですよね、とお珠も応じた。


お珠が帰り、夜の帳《とばり》がおりると、通春と藤馬は中秋《ちゅうしゅう》の名月を愛《め》でた。

濡《ぬ》れ縁《えん》に木の台を置き、薄《すすき》を活《い》けた花瓶《かびん》、御神酒《おみき》を入れた瓶子《へいし》、団子《だんご》を盛った三方《さんぼう》を乗せ、十五夜を見あげる。

白銀色の望月《もちづき》が、にっこりと微笑んでいる。

藤馬が龍笛を奏しはじめた。

典雅な音色が、月見にはぴったりだ。コメも今夜ばかりは藤馬に爪《つめ》を立てず、通春の横で寝そべっている。

ふんわりと温かみのある春のような夜風が、通春を包みこんだ。

コスミック・時代文庫

密命将軍《みつめいしょうぐん》 松平通春《まつだいらみちはる》
亡国の秘宝

2021年7月25日　初版発行

【著 者】
早見《はやみ》 俊《しゅん》

【発行者】
杉原葉子

【発 行】
株式会社コスミック出版
〒154-0002 東京都世田谷区下馬 6-15-4
代表　TEL.03(5432)7081
営業　TEL.03(5432)7084
　　　FAX.03(5432)7088
編集　TEL.03(5432)7086
　　　FAX.03(5432)7090

【ホームページ】
http://www.cosmicpub.com/

【振替口座】
00110-8-611382

【印刷／製本】
中央精版印刷株式会社

乱丁・落丁本は、小社へ直接お送り下さい。郵送料小社負担にて
お取り替え致します。定価はカバーに表示してあります。

ISBN978-4-7747-6302-6 C0193